CINQUANTE CENTIMES LE VOLUME

BIBLIOTHÈQUE UTILE

XIX

CH. GAUMONT

Mécanique appliquée

Horlogerie

PARIS

DUBUISSON et Cie, rue Coq-Héron, 5

PAGNERRE, r. de Seine-St-Germ.   MARTINON, r. Grenelle-St-Honoré
HAVARD, boulév. Sébastop. (riv. g.)   DUTERTRE, passage Bourg-l'Abbé

MÉCANIQUE APPLIQUÉE

HORLOGES

MONTRES, CHRONOMÈTRES

PAR

Charles GAUMONT

PARIS

IMPRIMERIE DE DUBUISSON ET Cᵉ

Rue Coq-Héron, 5.

1862

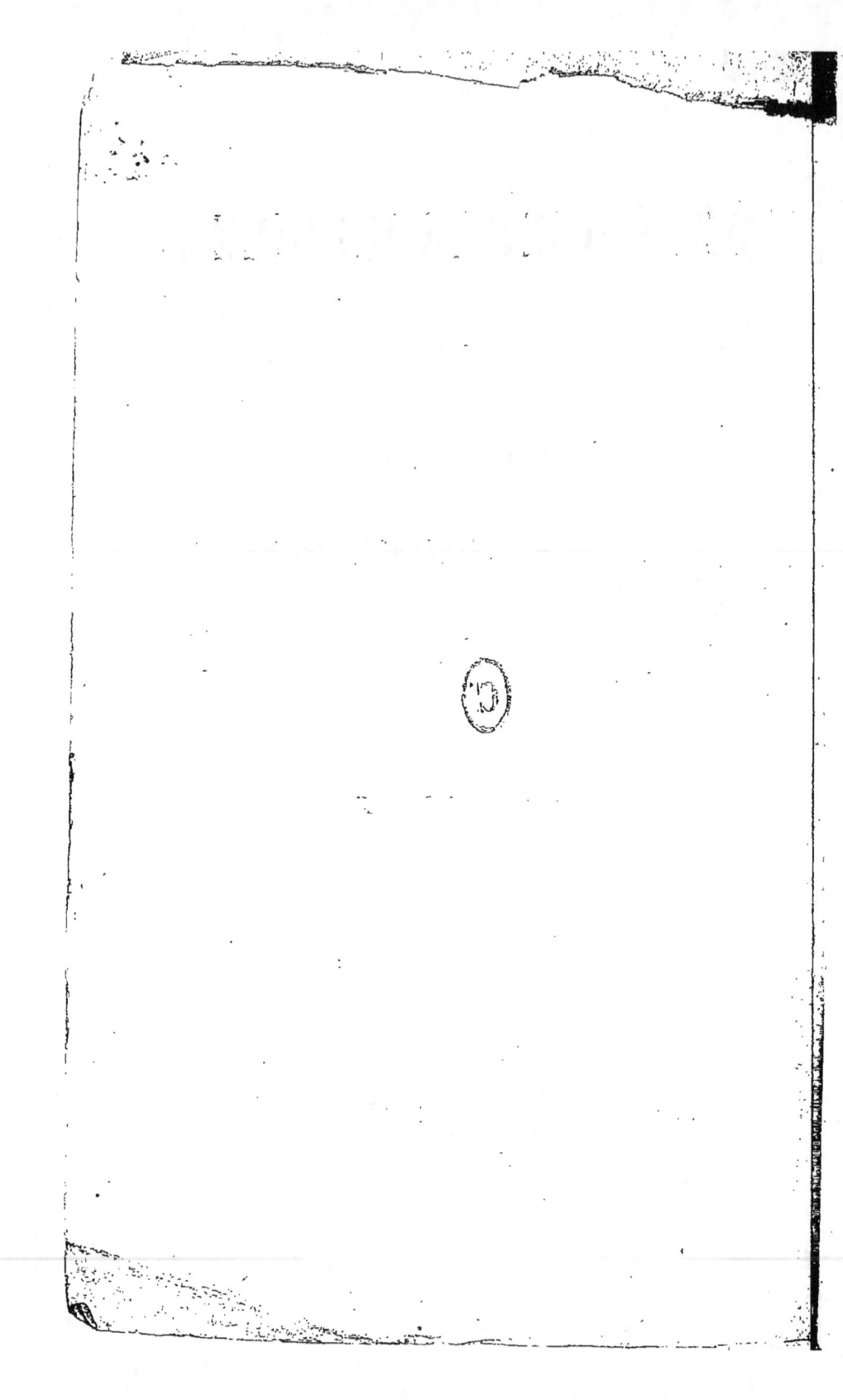

AVERTISSEMENT

Ce petit livre n'est ni un traité d'horlogerie,
ni une histoire de la mesure du temps. Il ne pouvait contenir les nombreux documents dont la
matière forme plusieurs volumes, et il m'a semblé, d'ailleurs, qu'entre un manuel proprement
dit et un ouvrage de pure théorie, il y avait
quelque chose à faire. Aussi ai-je essayé de montrer, dans une branche spéciale des arts de précision, l'application des principes généraux de la
science, en faisant suivre au lecteur, dans la série des perfectionnements successifs des instruments horaires, la réalisation, de plus en plus
complète, de la régularité du mouvement et de
l'économie des forces, qui sont l'essence des
combinaisons mécaniques.

Un penseur a dit que l'homme de l'avenir devra être un mécanicien. Or, parmi les machines,
les unes, comme les appareils à vapeur, les moulins, les roues hydrauliques et tous les moteurs,
sont des agents de force ; tandis que d'autres,
comme les chronomètres, les régulateurs astronomiques et tous les instruments de précision,
viennent en aide à l'observateur et suppléent à

l'insuffisance de nos organes. Les effets de ces combinaisons sont différents, mais les lois qui président à leurs fonctions sont toutes écrites dans cette partie des sciences physico-mathématiques connue sous le nom de mécanique. Les horloges et les montres contiennent un moteur, des leviers, des détentes, des roues, des engrenages, des volants, des vis, des ressorts, etc., en un mot, tous les éléments employés par les mécaniciens; elles sont donc des machines complètes et peuvent servir de sujets d'études. De plus, l'horlogerie de précision aborde et résout les problèmes les plus délicats et les plus compliqués de la science moderne. Dans ce cas, le crayon et le compas se trouvent aussi souvent que le burin et la lime sur l'établi, transformé lui-même en table à dessiner ; puis, la main exécute ce que la tête a conçu, et l'horloger ne relève plus que du Bureau des longitudes.

En analysant les phases diverses par lesquelles a passé la science chronométrique, et en dégageant les explications des obscurités techniques, on peut donc vulgariser des connaissances utiles à tous, et, surtout, à ceux qui vivent de professions manuelles.

Tel est le but que je me suis proposé.

MÉCANIQUE APPLIQUÉE

I

INSTRUMENTS HORAIRES PRIMITIFS.

Divisions du jour. — Gnomons. — Cadrans solaires. — Clepsydres.
— Sabliers. — Horloges hydrauliques.

On comprend sous la dénomination générale
d'*horloges* tous les appareils qui ont pour objet
la mesure du temps ; il faut donc remonter très
loin pour retrouver l'origine des instruments
horaires. L'observation des phénomènes célestes,
le besoin d'en assigner la durée, d'en déterminer le retour, ont donné naissance aux premières tentatives faites pour apprécier matériellement l'impression que laissent dans notre
mémoire des faits successifs. L'histoire de l'horlogerie est ainsi liée à l'histoire de l'astronomie.
Pour se rendre compte du temps, il a fallu le diviser, en prenant pour point de départ un événement physique qui pût servir de jalon au
milieu de l'immensité. Le jour et la nuit, c'est-
à-dire le retour alternatif de la lumière et de
l'obscurité, fournirent primitivement deux principales divisions. Plus tard, par rapport à l'*an-*

née, elles n'en formèrent qu'une, sous le nom de *jour*. Le mouvement de l'ombre des corps éclairés par le soleil permit également, à la suite d'observations, de fractionner le jour lui-même en un certain nombre d'heures. C'est à cette première période que remonte l'invention des *gnomons* et des *cadrans solaires*.

C'est aux Babyloniens que l'on attribue la division du jour en 24 heures, qui se suivent et se comptent sans interruption. L'abbé Barthélemy confirme cette assertion par les paroles suivantes, qu'il prête à un jeune Athénien contemporain d'Alexandre le Grand : « Les Babyloniens nous apprirent à partager le jour en parties plus ou moins grandes, selon la différence des saisons. Ces heures, car c'est le nom qu'on commence à leur donner, sont marquées, pour chaque mois, sur les cadrans solaires, avec les longueurs de l'ombre correspondante à chacune d'elles. Vous savez, en effet, que, pour tel mois, l'ombre du style prolongée jusqu'à tel nombre de pieds, donne, avant ou après midi, tel moment de la journée ; que, lorsqu'il s'agit d'assigner un rendez-vous pour le matin ou le soir, nous nous contentons de renvoyer, par exemple, au 10ᵉ ou 12ᵉ pied de l'ombre, et que c'est enfin de là qu'est venue cette expression : Quelle ombre est-il ? »

Il est probable que les horloges solaires appartiennent à la plus haute antiquité. Les Egyptiens, dont les connaissances astronomiques étaient très étendues, ne pouvaient ignorer le moyen de mesurer le temps. Il semble que leurs, obélisques n'étaient pas comme chez nous de simples décorations architecturales, mais que ces longues aiguilles de granit servaient d'instruments astronomiques. Le *gnomon* n'est, en effet, autre chose qu'une colonne ou *style* vertical indiquant le milieu du jour par la longueur de l'ombre. Dans le cadran solaire, au contraire, le *style* est incliné et doit faire, avec le plan de l'horizon, un angle égal à celui de la latitude du lieu.

On peut difficilement préciser l'introduction du cadran solaire chez les Romains; Arago, dans l'*Astronomie populaire*, cite un passage de Pline qui rapporte, mais sans le garantir, que le premier cadran solaire fut érigé à Rome par Papirius Cursor, 306 avant J.-C. « Il y avait, ajoute-t-il, dans les maisons opulentes, chez les anciens Grecs et plus tard chez les Romains, un esclave spécialement chargé d'aller chercher l'heure et de la rapporter à son maître. L'heure que l'esclave allait chercher, il la trouvait aux cadrans solaires établis sur les places publiques; mais, dans le trajet de la place au logis, que devenait-elle? L'heure obtenue de cette manière était suffisante pour les usages ordinaires de la vie, mais elle n'avait aucune précision; on n'aurait pu en tirer parti dans les recherches scientifiques. »

Ce moyen naturel de diviser le temps était d'ailleurs très incertain. Il dépendait de la présence du soleil pendant le jour, et, la nuit, il fallait recourir, si l'état de l'atmosphère le permettait, à l'examen du ciel, c'est-à-dire à l'observation de certaines étoiles et à leur plus ou moins de hauteur au-dessus de l'horizon. Quoi qu'il en soit, ces deux mesures du temps ont été conservées par l'astronomie. Le temps qui s'écoule pendant la révolution apparente du soleil autour de la terre est appelé *temps vrai* ou *jour solaire;* il se divise en 24 heures, d'un midi à l'autre. Le temps *sidéral* est donné par le mouvement de rotation uniforme de la terre sur son axe, comparé au point fixe d'une étoile. Le jour sidéral est la durée constante de cette rotation; c'est celui dont les astronomes font usage. Il se compose de 24 heures sidérales qui se comptent d'un midi à l'autre. Les jours solaires étant inégaux entre eux, ce que nous expliquerons plus tard, on se sert, en horlogerie, de 24 heures égales entre elles; 12 heures de nuit, 12 heures de jour comptées de minuit à minuit; cette division artificielle est le *temps moyen.* L'heure moyenne se subdivise en 60 minutes, la minute en 60 secondes et la seconde en 60 tierces (1). Ces dénominations ont été empruntées par les astronomes à la division géométrique du cercle; pour éviter de confondre les minutes et secondes de degrés avec les minutes et les secondes de

(1) En 1792, la Convention nationale rendit un décret qui prescrivait l'emploi du système décimal, et les horlogers durent se conformer à ce décret. C'est de cette époque que datent les quelques montres qui portent un cadran indiquant, par une double division de comparaison, le cercle des 12 heures fractionné en 5 parties, et celui des 60 minutes en 100 minutes décimales. Ce système eut peu d'applications.

temps, on écrit, actuellement, ces dernières en ajoutant au-dessus du chiffre indiquant le nombre la première lettre du nom, soit : 60', 60" de degrés; 60^m, 60^s de temps.

Le commencement du jour n'a pas été fixé au même instant ni chez les anciens, ni chez les modernes. Dans l'antiquité, les Egyptiens et les Romains commençaient le jour à minuit, comme le font encore aujourd'hui les Français, les Anglais, les Hollandais, les Allemands, les Espagnols, les Portugais, etc.; mais d'autres peuples, comme les anciens Babyloniens, les Perses, les Syriens, les habitants des îles Baléares, les Grecs modernes, etc., prennent pour commencement du jour le lever du soleil; avec les Gaulois, les Juifs, les Athéniens, les Chinois, les Arabes, au contraire, il faut compter le jour à partir de son coucher. La même différence existe à l'égard du premier jour de l'année. Ainsi, pour ne noter que ce qui s'est passé en France, de 420 à 752, l'année commença en mai; à partir de cette époque jusqu'en 987, ce fut à Noël, puis à Pâques; enfin Charles IX décida, en 1567, que le 1er janvier ouvrirait l'année.

Sans entrer dans des détails que ne comporte pas ce rapide exposé, il est facile de juger de la confusion que doivent apporter dans la chronologie les erreurs de date, conséquences naturelles d'un pareil état de choses. Parmi les peuples qui avaient, au moyen âge, adopté l'ère chrétienne, dit à ce sujet un auteur moderne (*Saunier :* LE TEMPS), les uns faisaient commencer l'année de cette ère en mars, premier mois de l'année du Calendrier de Romulus ; les autres en janvier, où s'ouvrait l'année de Numa ; d'autres au jour de la naissance du Christ, le 25 décembre ; d'autres encore au 25 mars, jour de l'Incarnation ou de la Conception, etc. En lisant les vieilles chroniques, si l'on ne veut pas se perdre dans le chaos de leurs dates, il faut tenir compte de ces différences et se rappeler qu'il était aussi d'usage quelquefois d'ajouter les années écoulées entre l'Incarnation et la Passion du Christ. Pour ne pas commettre une erreur chronologique, il faut rechercher alors quel est le nombre adopté par le chroniqueur, parce que, parmi les auteurs, les uns ont cru que le Christ était mort à l'âge de trente-deux ans, les autres à trente-trois, et d'autres enfin à cinquante-quatre. L'erreur de date que l'on risquerait de commettre pourrait aller, comme on voit, à vingt-deux années.

. Dans les faits scientifiques, les erreurs de la chronologie ne sont pas moindres ; le calcul astronomique est souvent obligé de rectifier les dates assignées par les anciens auteurs aux éclipses et autres phénomènes célestes.

Malgré leur insuffisance relative, les gnomons et les cadrans solaires furent l'objet des recherches des savants, et, par l'application des nouvelles découvertes scientifiques, donnèrent l'instant du passage du soleil au méridien, puis le temps moyen à l'aide d'une courbe calculée. Pline rapporte que l'obélisque élevé à Rome par Auguste, dans le champ de Mars, et dont on ne retrouve plus que des restes, avait 116 pieds de hauteur ; on en avait fait un gnomon qui marquait les mouvements du soleil (1). Dans les temps modernes, Cassini, Lalande et un grand nombre de mathématiciens s'occupèrent de l'érection de gnomons restés célèbres. On cite entre autres ceux de la cathédrale de Florence, de l'église Sainte-Pétronne à Bologne, de la grande salle de l'Observatoire de Paris, enfin la Méridienne qui existe encore à Saint-Sulpice à Paris. Elle fut entreprise en 1727 par l'horloger Sully, et refaite en 1743 par Le Monnier ; son gnomon a environ 30 mètres de hauteur.

Parmi les savants qui se sont occupés de perfectionner les horloges solaires, il n'est pas sans intérêt de signaler Salomon de Caus, qui publia à Paris, en 1624, un écrit intitulé *Pratique et démonstration des horloges solaires.* N'est-il pas étrange de retrouver dans l'histoire de l'horlogerie le nom presque légendaire de l'homme qui figure aussi dans l'histoire de la découverte des machines à vapeur ?

Les deux moyens d'observation donnés par la nature pour diviser le jour étant subordonnés à l'état de l'atmosphère, on s'efforça d'y suppléer par des combinaisons qui se rapprochèrent peu à peu des combinaisons mécaniques. L'histoire de

---

(1) Il n'entre pas dans notre plan de décrire les différentes espèces de cadrans solaires ou lunaires, verticaux ou horizontaux, ou équinoxiaux ou polaires ; leur description et la manière de les tracer sont du domaine spécial de la *gnomonique*, et nous ne traitons que des horloges mécaniques proprement dites.

ces essais indique la marche suivie par l'intelligence humaine pour arriver à la solution du problème de la mesure exacte du temps; elle initie également aux principes élémentaires de la science des machines. Nous devons donc en dire quelques mots.

L'écoulement goutte à goutte de l'eau d'un vase gradué et percé à sa base d'une petite ouverture est le premier moyen artificiel employé pour mesurer le temps. Cet appareil est la *clepsydre*. Le sablier est fondé sur le même principe. Il se compose *de deux capacités* coniques jointes à leurs sommets par une sorte de goulot très étroit, à travers lequel s'écoule un sable fin. Les cônes sont munis d'une échelle calculée de manière à ce que l'abaissement du niveau, dans un temps donné, corresponde aussi exactement que possible à une fraction de temps. En tournant alternativement le sablier, de telle sorte que la partie remplie de sable soit toujours supérieure à la partie vide, on obtient une suite d'indications. On ne se sert plus guère du sablier que pour des observations de très courte durée. Son peu de précision a pour cause principale l'effet que l'humidité produit sur le sable en augmentant son adhérence moléculaire. On l'emploie cependant encore dans la marine pour calculer la vitesse relative du navire pendant que le timonnier file la corde à nœuds fixée au loch.

Les auteurs ne sont pas d'accord sur la date de l'invention des clepsydres et des sabliers. Il semble que ces derniers soient d'une époque beaucoup plus récente. Suivant Moinet, le sablier n'est pas au nombre des attributs antiques. La clepsydre était connue chez les Egyptiens, dans la Judée, à Babylone, dans la Chaldée, et enfin chez les Grecs et les Romains, en Chine et au Japon, bien avant l'ère chrétienne. Ctésibius d'Alexandrie, l'an 660 de Rome, y apporta de remarquables perfectionnements. C'est à cet habile mécanicien que l'on doit la première application d'un rouage aux instruments horaires. La clepsydre simple resta néanmoins, durant plusieurs siècles, en usage pour la mesure du temps. Les horloges d'eau servaient alors dans la vie civile comme les horloges actuelles. Le barreau d'Athènes, et plus tard celui de Rome, employaient la clepsydre pour mesurer le temps que l'on accordait aux plaidoyers des avocats. On versait trois parts d'eau égales dans le vase, une pour l'accusateur, l'autre pour l'accusé, la troisième pour le juge. On arrêtait l'écoulement de l'eau pendant la déposition des témoins. Platon déclare que de son temps les philosophes étaient bien plus heureux que les orateurs : « Ceux-ci, dit-il, sont esclaves d'une misérable clepsydre, tandis que ceux-là sont libres d'étendre leurs discours autant qu'ils le veulent. »

Les clepsydres sans rouages étaient quelquefois graduées sur le cône, au lieu de l'être sur le récipient inférieur. D'autres indiquaient la division du temps par un flotteur ; Bailly, dans l'*Astronomie moderne*, donne la description d'une clepsydre dite à deux cônes, dont l'un, creux, recevait dans sa cavité de l'eau, et un second cône solide ; celui-ci, supporté par une tringle,

se descendait à la main dans l'intérieur du vase,
et réglait l'écoulement de l'eau selon la durée du
jour. L'introduction du cône dans l'eau modifiait
artificiellement la forme du vase.

Au reste, quelles que fussent les modifications
apportées au système, il était défectueux dans
son principe. La régularité de la machine dépendait de la limpidité de l'eau et de la quantité
exacte de liquide que l'on mettait dans le vase
supérieur. On sait que la pression exercée sur sa
base par une colonne d'eau est proportionnelle à
sa hauteur. La vitesse de l'écoulement était donc
modifiée à chaque instant par les variations atmosphériques, par la hauteur changeante du liquide au-dessus de son orifice, et toutes les
subtilités du constructeur étaient impuissantes
contre tant de sources d'inexactitude.

L'addition d'un rouage permit de faire remplir aux clepsydres des fonctions nouvelles, mais
n'en améliora pas la marche. Les causes d'irrégularité que nous venons de signaler subsistaient
toujours ; elles devenaient même plus nombreuses en raison de la multiplicité des effets de-
mandés. La clepsydre primitive n'était plus que
le moteur de la machine ; en tombant sur une
roue à augets, l'eau déterminait la rotation de
cette roue et transmettait ainsi le mouvement
à toutes les parties du mécanisme. On obtint par
ce moyen des sphères mouvantes, des sonneries
produites par la chute de boules dans un bassin
sonore, des effets automatiques semblables à
ceux des horloges du moyen âge, dites *Jacquemarts.*

L'horloge hydraulique de Ctésibius, une des mieux combinées, se composait, d'après Vitruve, d'une colonne monumentale faisant un tour sur son piédestal dans l'espace d'une année. Près de la colonne, une figurine laissait échapper goutte à goutte l'eau de la clepsydre. Cette eau, passant dans l'intérieur de l'appareil, élevait le niveau, et avec lui un flotteur en liége surmonté d'un petit enfant. Cette petite figure, graduellement soulevée, indiquait par une baguette l'heure marquée par des cercles sur la colonne, et celle-ci, tournant sur elle-même en un an, présentait devant la même baguette des divisions perpendiculaires répondant aux douze mois. Le mouvement de la colonne était entretenu par un train d'engrenages mu par une roue à augets alimentée par une clepsydre ordinaire. Cette description succincte donne une idée de l'ensemble de ces machines.

On cite aussi une sphère mouvante de Possidonius, les horloges hydrauliques de Cassiodore, de Boëce, celle de l'astronome chinois Hy-Hang; enfin, la fameuse horloge envoyée à Charlemagne, au commencement du neuvième siècle, par le calife Haroun-al-Raschid.

Nous ne rangeons pas parmi les clepsydres la sphère d'Archimède, parce qu'on ignore quel était son moteur. Les contemporains du savant géomètre de Syracuse prétendaient qu'un esprit, enfermé dans l'intérieur de sa machine, en dirigeait les mouvements. Cet esprit, quelque forme qu'il revêtît alors, c'était le génie de la mécanique, qui anime aujourd'hui tant d'utiles appa-

reils ; son existence se révèle également par le
jeu puissant des machines à vapeur et par les
pulsations presque insensibles de l'échappement
des montres.

II

NOTIONS ÉLÉMENTAIRES DE MÉCANIQUE.

Leviers. — Poulies. — Roues dentées. — Engrenages. — Calcul
des nombres. — Frottements. — Forme des dents. — Division
des roues.

On a vu les clepsydres perfectionnées devenir
des machines composées de leviers , de poulies,
de roues. Tous ces organes mécaniques étaient
connus probablement depuis longtemps ; les immenses travaux exécutés par les Egyptiens ne
permettent aucun doute à cet égard. Mais si personne, selon Arago, ne peut dire aujourd'hui
quel a été le premier inventeur des roues dentées, on sait au moins par les paroles d'Aristote,
par les inventions d'Archimède, par les clepsydres de Ctésibius, que leur emploi dans les machines remonte à plus de 2,000 ans. Il résulte en
outre de ceci qu'en étudiant l'histoire des horloges, on étudie les principes élémentaires de la
mécanique. On lit dans un ancien auteur que
l'horlogerie peut être considérée comme étant la
science des mouvements, car c'est par elle que
le temps, l'espace et la vitesse sont exactement
mesurés ; par conséquent toutes les sciences qui
ont rapport au mouvement lui sont en quelque
sorte subordonnées.

Sans être aussi affirmatif, on peut conclure à

la solidarité des sciences entre elles. Toute science, d'ailleurs, est fondée sur l'expérience pratique jointe à l'analyse : c'est l'observation unie au raisonnement. Ceci est vrai, surtout en mécanique, essayons donc de faire comprendre les lois générales du mouvement dans les machines, nous en ferons ensuite l'application aux horloges.

En raison de l'*inertie*, les corps n'ont pas d'aptitude à se mouvoir, mais ils ont, par la *mobilité*, la propriété de passer d'un lieu à un autre, c'est-à-dire d'être mis en *mouvement*. On appelle *repos*, la permanence dans un même lieu. On n'observe dans la nature que des états de *repos* et de *mouvement relatifs*, car le *repos absolu* serait la privation complète de mouvement, et le *mouvement absolu* serait le déplacement d'un corps relativement à un autre placé dans l'état de *repos absolu*, ce qui, avons-nous dit, n'existe pas (1).

La cause capable de produire un mouvement quelconque ou de le modifier se nomme *force*. La force qui produit un effet s'appelle *puissance;* celle qui s'oppose à cet effet est la *résistance*. L'*équilibre* dans les machines est le *repos relatif* qui se produit lorsque la puissance est égale à la

(1) Il n'y a pas de *repos absolu:* tous les corps se dilatent, se contractent et changent à chaque instant d'état, soit par l'évaporation des molécules qui les composent, soit par l'assimilation des substances qui les environnent, etc. Rien dans la nature n'échappe à la loi du mouvement universel : donc le *repos* n'est que *relatif*.

résistance. C'est l'état dans lequel se trouvent les deux plateaux d'une balance chargés de deux poids égaux.

La puissance et la résistance s'estiment dans tous les mouvements des machines par les vitesses avec lesquelles les corps en opposition tendent à se mouvoir, ou par les longueurs réelles des bras du levier.

La quantité de force d'un corps en mouvement est le produit de sa masse multipliée par sa vitesse, c'est-à-dire l'espace que cette masse parcourt en un temps donné.

Dans les machines, la force qui produit le mouvement agit dans une direction qu'il faut connaître, ou bien le mouvement est l'effet *résultant* de plusieurs forces réunies. De là on distingue la *composition* des forces et leur décomposition ou *résolution*.

En dehors des forces *motrices primitives*, c'est-à-dire : la gravitation ou pesanteur, dont le poids, les chutes d'eau sont des applications ; l'élasticité, qui est le principe des ressorts moteurs, des machines à air comprimé et à vapeur, et enfin l'électricité, on appelle *puissances mécaniques* le *levier*, le *treuil* et le *cabestan*, la *poulie,* les *mouffles*, le *plan incliné*, le *coin* et la *vis*, qui se compose de ces deux dernières puissances.

Cependant on peut réduire ces diverses puissances à deux principales : le levier et le plan incliné ; toutes les autres machines, les plus simples comme les plus compliquées, ne sont que la combinaison de ces deux agents mécaniques.

Le *levier* est une barre droite ou courbe qui

s'appuie sur un point quelconque de sa longueur et est sollicitée à tourner autour de ce point par deux forces ; l'une, agissant comme moteur, est la puissance, l'autre, s'y opposant, est la résistance. On distingue, en conséquence, dans le levier, trois points différents : le point de puissance, le point d'appui et le point de résistance. Suivant leurs positions respectives, ces trois points donnent naissance à trois espèces de leviers :

Le levier du 1er *genre* est celui où le point d'appui A est placé entre la puissance P et la résistance R qui occupent les deux extrémités du levier, comme dans la fig. 1.

Fig. 1.

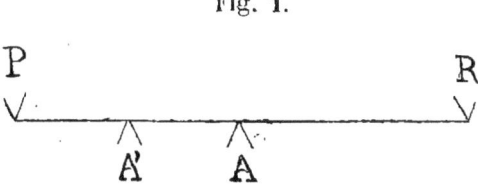

Dans le levier du 2e *genre*, la puissance P et le point d'appui A étant aux deux extrémités, c'est la résistance R qui est au milieu. Fig. 2.

Fig.

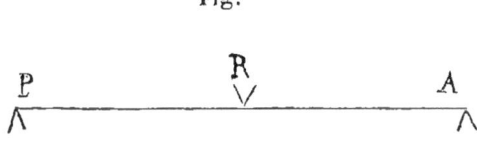

Le levier du 3e genre est appuyé par l'une de

ses extrémités A, la résistance R est à l'autre extrémité, et la puissance P est entre elles deux.
Fig. 3.

Fig. 3.

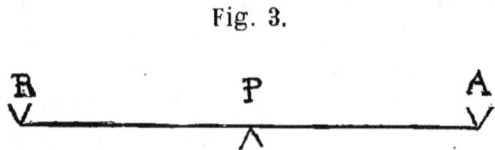

Dans les trois genres de leviers, les distances
respectives de la puissance et de la résistance
au point d'appui sont les *bras de levier*. Que le
bras soit courbé, coudé ou droit, sa longueur ne
change pas. Ainsi A R, A P sont les bras du levier du 1er genre, fig. 1, etc.

Complétons ceci par des exemples :

Le fléau d'une balance ordinaire est un levier
du 1er genre. Aux deux extrémités sont les plateaux qui représentent la puissance et la résistance, et le couteau, sur lequel bascule le fléau,
est le point d'appui du levier. Pour qu'il y ait
équilibre, il est indispensable que les deux bras
du levier soient de longueurs égales et que les
poids dont on charge la balance aient la même
pesanteur. En effet, il est démontré en mécanique que la force qui tend à faire tourner un levier autour de son point d'appui a d'autant plus
d'action qu'elle agit le plus loin de ce point d'appui. En considérant la puissance et la résistance
comme deux forces agissant en sens contraire, il
résulte 1° que si les deux bras du levier sont
égaux ainsi que les deux forces, il y a équilibre ;

2° que, si les deux bras sont inégaux, la puissance et la résistance croîtront proportionnellement aux différences de longueur. Ainsi, en prenant toujours pour exemple le levier du premier genre, si à chaque extrémité R et P on suspend un poids de 3 kilogrammes, et que le point d'appui A partage juste le levier, les deux poids seront équilibrés. Si on déplace le point d'appui de A en A', le bras A' P étant contenu trois fois dans la longueur du bras A' R, on fera équilibre en R à 3 kilogrammes avec 1 kilogramme placé au point P. C'est sur ce principe qu'est construite la balance appelée *romaine*.

Lorsque les bras du levier ne sont pas de même longueur, les espaces parcourus par leurs extrémités sont proportionnels à cette différence de longueur ; de là cet axiome : *Ce que l'on acquiert en force, on le dépense en temps et en espace parcouru, et réciproquement.*

Le passage suivant de d'Alembert résume ce qu'il nous importe de démontrer pour l'intelligence de la théorie des leviers, dans ses rapports avec les roues d'engrenage :

Si l'on suppose deux puissances appliquées aux deux extrémités du levier et qui fassent tout à la fois effort pour faire tourner ses bras dans un sens contraire à l'autre, et que ces puissances soient réciproquement proportionnelles à leur distance de l'appui, il est évident que le *moment* (1) ou effort de l'une pour faire tourner le

(1) *Moment*, en mécanique, s'emploie pour désigner le produit d'une puissance par le bras du levier auquel elle est appliquée.

levier en un sens, sera précisément égal au *mo-ment* de l'autre pour le faire tourner en sens contraire. Il n'y aura donc pas plus de raison pour que le levier tourne dans un sens que dans le sens opposé. Il restera donc nécessairement immobile ou en repos, il y aura donc équilibre entre les deux puissances. C'est ce qu'on voit tous les jours lorsqu'on pèse un poids (une masse de matière quelconque) avec une romaine. Il est aisé de concevoir, par ce que nous venons de dire, comment le poids d'une livre peut, sur cette machine, faire équilibre avec un poids de 5, ou de 10, ou de 100, ou de 1,000 livres, et davantage, si elle est grande et solide. C'est par cette raison qu'Archimède ne demandait qu'un point fixe hors de la terre pour l'enlever. Car, en faisant de ce point fixe l'appui d'un levier, et mettant la terre à l'extrémité du bras de ce levier, on parviendrait à mouvoir le globe terrestre avec une force aussi petite qu'on voudrait (1)....... Il est clair encore par là que la

(1) « Donnez-moi un point d'appui, disait Archimède, et je soulèverai le monde. » Pour apprécier à sa juste valeur cette assertion, qui, d'ailleurs, est fondée mathématiquement parlant, on peut faire le calcul suivant : Un homme est muni d'un levier sans pesanteur et d'une résistance indéfinie, dont le point d'appui n'est qu'à un mètre de l'extrémité du petit bras qui agit sur le globe terrestre, et dont le grand bras est égal à environ 1,800 fois la distance des étoiles les plus rapprochées de nous, en les supposant à une distance telle que leur lumière, qui parcourt 300,000 kilom. par seconde, emploie 3 ans à nous parvenir. Cet homme agit à l'extrémité du grand bras de levier avec une vitesse d'un mètre par seconde et

force de la puissance n'est point du tout aug-
mentée par la machine, mais que l'application
de l'instrument diminue la vitesse du poids dans
son élévation ou dans sa traction, par rapport à
celle de la puissance dans son action ; de sorte
qu'on vient à bout de rendre le *moment* d'une
petite puissance égal et même supérieur à celui
d'un gros poids, et par là on parvient à faire enlever ou traîner le gros poids par la petite puissance. Si, par exemple, une puissance est capable d'enlever une livre, en lui donnant dans
son élévation un certain degré de vitesse, on ne
fera jamais, par le secours de quelque machine
que ce puisse être, que cette même force puisse
enlever un poids de deux livres, en lui donnant
dans son élévation la même vitesse dont nous
venons de parler. Mais on viendra facilement à
bout de faire enlever à la même puissance le
poids de deux livres avec une vitesse deux fois
moindre, ou, si l'on veut, un poids de dix mille
livres même, avec une vitesse dix mille fois
moindre.

L'exemple du levier du deuxième genre est
offert par la *brouette ;* la charge ou résistance
est entre la puissance de l'homme qui la soulève
et le point d'appui mobile de la roue. La manière dont les rames d'un bateau agissent est
encore une application du deuxième genre du
levier : l'eau sert de point d'appui ; le bateau

---

un effort constant de 50 kilogr. ; il lui faudra plus de
3,000 ans pour soulever la terre de la millionième
partie d'un millimètre. (L. Lalanne, *Cent traités.*)

est la résistance, et l'effort du batelier appliqué à l'extrémité de la rame représente naturellement la puissance.

Le levier du troisième genre se retrouve fréquemment dans l'appareil du mouvement chez les animaux. Chez l'homme, lorsque l'avant-bras est tendu horizontalement et que la main supporte un poids, l'avant-bras est un levier du troisième genre ; le point d'appui est au coude, et la puissance dans le muscle qui, agissant au delà du coude, fait mouvoir le bras. Les pincettes, les mâchoires d'un étau sont autant d'applications du troisième genre de levier.

L'étude des effets qui se rapportent au *plan incliné* comprend une série d'observations que nous ne pouvons qu'indiquer. Les notions que nous donnons ici sont des plus élémentaires, et nous renvoyons pour le reste aux ouvrages spéciaux. Qu'il nous suffise de dire, quant à présent, que dans l'étude du plan incliné on considère : la descente ou la chute des corps sur ce plan ; la pression des corps suivant les inclinaisons ; l'action des corps en mouvement à l'égard des plans obliques qu'ils tendent à déplacer ; l'emploi du plan incliné comme *coin ;* enfin le plan incliné circulaire, dont l'application est si fréquente sous le nom de *vis.* On verra plus tard, à propos du pendule et par l'analyse de certains échappements, les principales propriétés de la puissance mécanique du plan incliné.

Les *poulies* et les *roues dentées* entrent dans la composition de presque toutes les machines. Elles servent à transmettre la force motrice à distance ou à multiplier la force ou la vitesse ; elles obéissent aux mêmes lois et doivent être considérées les unes et les autres comme des séries de leviers.

La poulie est formée d'un disque rond, épais, tourné en gorge dans son épaisseur et monté sur un axe pivotant dans une *chape* ou monture d'assemblage. Une *moufle* est une réunion de poulies. Lorsque la poulie est simple et qu'une corde passant dans sa gorge supporte un poids à l'une de ses extrémités, tandis que l'on pèse sur l'autre extrémité, la poulie agit comme levier du premier genre. Si, au contraire, on accroche la poulie au poids lui-même, et que l'un des bouts de la corde soit fixé à un point plus élevé, si l'on tire l'autre bout verticalement de ce même lieu élevé, la poulie fonctionne alors comme levier du deuxième genre.

Que l'on conçoive deux cercles de même diamètre en contact, et que l'on imprime à l'un d'eux un mouvement de rotation, ces deux cercles tourneront avec la même vitesse, mais en sens inverse. Sur cette propriété est fondé l'engrenage. Dans les poulies employées pour transmettre le mouvement, le contact direct est remplacé par le contact d'une corde ou d'une courroie, et le mouvement transmis s'effectue dans le même sens. Sauf cette différence dans la direction initiale, les effets sont les mêmes ; les forces ou les vitesses transmises sont réciproquement proportionnelles aux diamètres des poulies qui se commandent. Une poulie quatre fois plus petite que la poulie qui la fait mouvoir fera quatre tours contre un tour de cette dernière, et la force dont elle sera animée sera quatre fois moindre. En renversant les termes de la proposition, on a des résultats contraires. Dans les machines de précision, l'emploi des poulies comme transmission de mouvement n'offrirait pas de sûreté. On ne s'en sert dans les horloges de clochers et les régulateurs que pour suspendre les poids moteurs.

On nomme *poulies de renvoi* celles dont l'objet est de changer la direction du mouvement; dans ce cas, elles sont aussi employées pour diminuer les frottements.

Ce que nous avons dit de l'entraînement de deux cercles par l'adhérence n'est vrai que jusqu'à un certain point; dans la pratique, on y supplée par les dents dont on arme leurs circonférences. Ces cercles sont alors des *roues dentées* ou d'*engrenage;* chacune de ces dents n'est autre chose que l'extrémité d'un levier dont la longueur des bras serait exprimée par les rayons du cercle. Quand les deux cercles se pénètrent, ou, pour être exact, *s'engrènent*, leurs leviers respectifs agissent donc les uns sur les autres d'après les lois générales que nous avons indiquées plus haut. Ainsi, la puissance et la résistance, dans les rouages, est en raison des diamètres des roues engrenées; les pivots sont les points d'appui.

Les roues dentées dont se compose un rouage sont, en général, montées sur d'autres plus petites taillées dans l'essieu ou axe d'acier sur lequel on *lève* les pivots. Ces axes deviennent alors des *pignons*, dont les dents sont des *ailes*. La roue et son pignon se nomment un *mobile*.

Dans un train d'engrenages d'horlogerie, la puissance du moteur est appliquée à l'aile du pignon, et transmise par la circonférence dentée de la roue au pignon du *mobile* suivant. Cette disposition explique pourquoi, étant communiquée du pignon à la roue, la force diminue, et pourquoi la vitesse des mobiles augmente dans la même proportion.

Il suit de là : 1° que les diamètres des pignons, par rapport aux roues, sont en raison des vitesses que l'on veut obtenir ; 2° que la quantité de dents que porte une roue destinée à agir sur un pignon d'une grosseur déterminée n'est point arbitraire : elle est en raison du diamètre de la roue et de celui du pignon avec lequel elle engrène. Supposons une roue A de 5 centimètres de diamètre, engrenant avec un pignon B de 1 centimètre ; le rapport des dents entre elles devra être comme 5 est à 1, c'est-à-dire que le diamètre du pignon B étant contenu 5 fois dans le diamètre de la roue A, celle-ci pourra être divisée en 50 ou 100 dents et le pignon en 10 ou 20 ailes, ou en tout autre nombre de dents et d'ailes, pourvu que le rapport établi par les diamètres se retrouve dans la division des deux circonférences. Autrement, l'engrenage ne se ferait pas ou se ferait mal. Dans l'exemple de la roue A et du pignon B, le mobile dont le pignon B fait partie fera 5 tours contre 1 tour de la roue A.

Ces faits se formulent ainsi :

Soit qu'une roue conduise un pignon ou qu'un

pignon conduise une roue, le nombre des tours de la roue, multiplié par le nombre des dents, est égal au nombre de tours que le pignon fait en même temps, multiplié par le nombre de ses ailes ; en sorte que les nombres de tours contemporains de la roue et du pignon sont réciproquement proportionnels au nombre de leurs dents.

Complétons ceci par l'exemple suivant :

Supposons les engrenages successifs de quatre roues désignées par A, B, C, D ; supposons que la première roue A porte 64, et qu'elle engrène dans le pignon de 8 ailes de la deuxième roue B montée sur ce pignon et garnie elle-même de 48 dents ; que celles-ci engrènent avec le pignon de 6 de la roue C ayant 36 dents ; et enfin que cette roue C de 36 dents engrène avec le pignon de 6 de la quatrième roue D. Pour connaître le nombre de tours ou de révolutions que fera chacun de ces mobiles pour un tour du premier, plaçons les noms et les nombres de la manière suivante :

	roues	pignons	tours
1re roue A	64 dents.	0 ailes	1
2e — B	48	8 —	8
3e — C	36	6 —	64
4e — D	15	6 —	384

La première roue A de 64 dents, faisant un seul tour et engrenant avec le pignon de 8 ailes de la deuxième roue B, lui fera faire 8 tours pendant que la roue A n'en fera que 1, parce que, dans 64, il y a juste 8 fois 8.

La deuxième roue B de 48 engrenant avec le

pignon de 6 de la troisième roue C, lui fera faire 8 tours pour un seul de la roue B, parce que, en 48, il y a 8 fois 6; et comme B fait déjà 8 tours pour 1 de la roue A, il faut multiplier 8 par 8, qui donnent 64; de sorte que la roue C et son pignon 6 feront 64 tours pour 1 de la première roue A.

La troisième roue C de 36 dents engrenant avec le pignon de 6 ailes de la quatrième roue D, lui fait faire 6 tours pour un seul de la roue C, parce que dans 36 dents il y a 6 fois 6; et comme C fait déjà 64 tours pour 1 de la première roue A, si on multiplie 64 par 6 il viendra au produit 384, qui sera le nombre de tours que la quatrième roue D fera pour 1 tour de la première roue A.

Nous connaissons donc les vitesses transmises; examinons maintenant comment ces roues se communiquent la force qu'elles reçoivent du moteur. Admettons qu'un poids de 50 kilog. soit suspendu à une corde enroulée sur un cylindre porté par la première roue A, et que ce cylindre n'ait que la moitié du diamètre de la roue. On conçoit que, par le principe du levier, le poids de 50 kilog ne pèsera déjà plus que 25 kilog. à la circonférence de la roue A, puisque le diamètre de celle-ci est double de celui de son cylindre, et que, la force étant ici *inverse* des rayons ou des diamètres, elle diminue, à la circonférence de la roue, dans la même proportion que le rayon de cette roue est augmenté, le cylindre restant le même : d'où il suit que la force transmise à l'engrenage ou à la circonférence de la roue est à la circonférence du cylindre comme

le diamètre ou le rayon du cylindre est au diamètre de la roue. Si le diamètre ou le rayon du
cylindre n'était que le quart ou le tiers du diamètre ou rayon de la roue, la force communiquée à la circonférence de celle-ci ne serait que
le quart ou le tiers de la force agissant à la circonférence du cylindre. Il en est de même ici
des pignons et des roues dentées qui sont sur le
même axe. En comparant, comme nous l'avons
dit plus haut, le rayon du pignon sur lequel la
force agit directement au rayon de la roue qu'il
porte, on aura la quantité de force transmise.
Dans ce calcul, il faut aussi tenir compte des
frottements et autres résistances ; d'après l'esti-
mation généralement admise, on évalue à environ un tiers la force ainsi absorbée.

Les roues, agissant comme leviers du premier genre, il est nécessaire que leurs pivots,
qui sont les points d'appui, soient faits confor-
mément à la théorie des frottements ; autrement,
la résistance qu'ils offriraient absorberait en partie la force motrice, ou bien amènerait, en très
peu de temps, l'usure des trous dans lesquels ils
tournent. Ici quelques observations préalables
sont indispensables, afin de pouvoir faire apprécier ce qu'est le frottement en mécanique, c'est-
à-dire la résistance qu'un corps mobile éprouve
dans son glissement sur un corps fixe lorsque les
surfaces sont en contact. On a expliqué cette résistance par deux causes : on pensait d'abord
que l'engrènement des parties saillantes des corps
appuyés les uns sur les autres devait s'opposer
à leur mouvement ; on a supposé ensuite que

l'adhérence physique produisait le même effet. Mais, comme le frottement ou résistance n'est pas en rapport avec l'étendue des surfaces en contact, ainsi que l'a prouvé l'expérience, on admet seulement une sorte de cohésion proportionnelle à la pression. Amontons, physicien français, a fait sur les frottements un grand nombre d'expériences consignées dans les mémoires de l'ancienne Académie des sciences, en 1699 ; Coulomb fait autorité en cette matière, et M. Morin, professeur au Conservatoire, a complété ces travaux.

On s'accorde à reconnaître que le frottement, dans les grandes machines, est *indépendant des surfaces et proportionnel à la pression ;* l'intensité du frottement est également indépendante de la vitesse ; enfin l'interposition d'une matière grasse entre les points en contact est reconnue indispensable. Dans les machines de précision, on doit surtout considérer les frottements au point de vue de leur permanence : la question de force est secondaire. Il faut donc que les pivots soient disposés de telle sorte qu'ils puissent, ainsi que leurs trous, résister à des pressions modérées ; leur diamètre étant déterminé, leur longueur doit être en raison de l'effort qu'ils supportent, afin que le poids ou l'action étant répartis sur un plus grand nombre de points, ces mêmes points se conservent mieux et assurent la stabilité de la résistance, aussi importante que la stabilité de la force.

D'après ce qui précède sur les nombres, on comprend la possibilité de donner aux mobiles d'un rouage des vitesses plus ou moins grandes, et de leur faire indiquer, au moyen d'aiguilles, les heures, les minutes et les secondes. La combinaison des rouages pour imiter les révolutions des corps célestes a également pour bases les principes que nous venons d'établir.

Voyons maintenant comment on obtient une transmission de mouvement uniforme par les roues dentées. Si les roues étaient conduites par le simple contact de leurs circonférences, en admettant celles-ci parfaitement rondes, on opérerait avec des longueurs de leviers toujours égales, et, abstraction faite des frottements, la *menée* serait rigoureusement uniforme. Mais, comme nous l'avons dit, il n'en est pas ainsi : les roues s'entraînent par le moyen de dents, et les bouts des leviers qu'elles représentent doivent avoir une forme calculée. Que se passe-t-il, en effet, lorsque deux leviers agissent l'un sur l'autre ? Comme dans leur action réciproque ils décrivent un arc de cercle autour de leur centre, il arrive nécessairement que leurs longueurs réelles, agissantes, changent à mesure qu'ils s'éloignent de la ligne des centres. La *menée*, dans ce cas, ne saurait être uniforme.

Les conséquences de ces variations de force pendant le passage d'une dent s'apprécieront de suite, lorsqu'on saura que, dans les horloges-pendules ordinaires la première roue motrice ne fait qu'un tour en deux jours, et que, dans certains rouages, le premier mobile n'accomplit une révolution que dans l'espace d'un ou de six mois. et même d'une année.

On reconnut bien vite la nécessité d'arrondir les angles des dents, afin de faciliter leur action réciproque; et ce que nous venons d'exposer a dû faire comprendre que la forme à donner aux dentures n'est point arbitraire : elle est déterminée par des principes géométriques. Les anciennes dentures, arrondies au hasard, absorbaient très inégalement une grande partie de la force motrice ; la routine et le tâtonnement étaient autrefois les seuls guides.

Roemer, savant Danois, et Lahire, savant Français, paraissent, vers le milieu du xviie siècle, avoir porté les premiers, dans la question des engrenages, la lumière de l'analyse théorique; Camus, en 1741, et Lalande, en 1764, ont publié d'importants travaux sur cet objet.

On doit regarder, d'après *Camus*, comme la meilleure figure que l'on puisse donner aux dents des roues d'une machine, celle qui fera que ces dents seront toujours, les unes à l'égard des autres, dans des situations également favorables, et qui donnera, par conséquent, à la machine la propriété d'être mue uniformément par une puissance constamment égale. Si toutes les roues pouvaient avoir des dents infiniment petites, leur engrenage, qu'on pourrait regarder comme un simple attouchement, aurait la propriété qu'on demande, puisque la roue et le pignon ont tous deux la même force tangentielle, c'est-à-dire la même force pour tourner, lorsque le mouvement se communique de l'un à l'autre par le simple attouchement ou par un engrenage infiniment petit des parties de leurs circonférences.

En résumé, pour qu'un engrenage soit bon, il faut : 1° que la force employée par la roue pour conduire le pignon soit très minime ; 2° que la vitesse avec laquelle la roue conduit le pignon soit aussi, à chaque instant, la plus grande que la roue est capable de lui donner ; 3° que cette force et cette vitesse soient constantes depuis le point de rencontre jusqu'au moment où la dent quitte l'aile du pignon, *et vice versâ ;* 4° que le frottement de cette dent pendant toute la durée de la menée soit aussi réduit que possible. Il faut, de plus, distinguer dans la roue et le pignon deux diamètres, deux rayons, ou, si on aime mieux, deux grandeurs de cercle. On appelle *cercles primitifs* ceux que représentent les circonférences entraînées par le simple contact, ainsi qu'on l'admet en théorie (voir *fig.* 4); puis, comme ces circonférences s'augmentent, dans la pratique, des dents nécessaires à l'engrenage, on nomme *cercles totaux* les cercles primitifs agrandis de ces excédents.

Les roues et les pignons sont ébauchés suivant leur circonférence totale, puis on arrondit les dents et les ailes en se rapprochant autant que possible de la figure connue en géométrie sous le nom d'épicycloïde. Pour exécuter des dentures rigoureusement exactes, il faut que chaque dent ait au moins un centimètre de largeur et un centimètre de longueur à partir du cercle primitif, et cela se rencontre peu en horlogerie. Toutefois, il est utile de connaître les principes d'après lesquels un engrenage doit être tracé. Voici le résumé de ces principes :

On appelle cycloïde la courbe décrite par un
point quelconque d'un cercle roulant sur un plan
droit horizontal. Ainsi, un clou placé en dehors
de la jante d'une roue de voiture, de manière à
frotter sur un mur vertical, tracerait sur ce mur,
lorsque la voiture serait mise en marche, et pendant un tour de roue, une courbe cycloïdale.
Or, le même cercle roulant, non plus sur une
surface plane mais sur une surface convexe ou
sur la circonférence d'un cercle, produit aussi,
par un point donné, une courbe analogue à la
précédente, mais plus cintrée et est nommée une
épicycloïde ou un épicycle (sur cercle). Cet épicycle a comme la cycloïde la propriété d'avoir
toujours une portion infiniment petite de sa
courbe sensiblement perpendiculaire à chaque
rayon successif, tiré de chaque point de contact
de la roue sur sa base droite ou courbe, jusqu'au
point décrivant. Nous disons une portion infiniment petite perpendiculaire, parce que les divers
points de la courbe sont considérés alors comme
des lignes droites infiniment petites successivement parallèles au flanc droit de l'aile du pignon
que le rayon décrit en même temps, en supposant que le cercle primitif du pignon se déroule
en même temps sur la base commune, c'est-à-
dire sur le cercle primitif de la roue qui le
mène.

C'est d'après cette propriété que l'épicycle est
appliqué à la dent d'une roue menant le flanc
droit de l'aile d'un pignon. Quant à cette aile, elle
n'est arrondie à son extrémité que pour faciliter
la rentrée de la dent et son dégagement, sauf le

cas où c'est le pignon qui mène la roue ; celui-ci rentre alors dans la catégorie des roues ordinaires.

La fig. 4 représente un engrenage tracé d'après ces principes. Les dents de la roue A ont la forme épicycloïdale et les ailes du pignon B sont seulement arrondies. C C' et D D' sont les cercles primitifs.

Fig. 4.

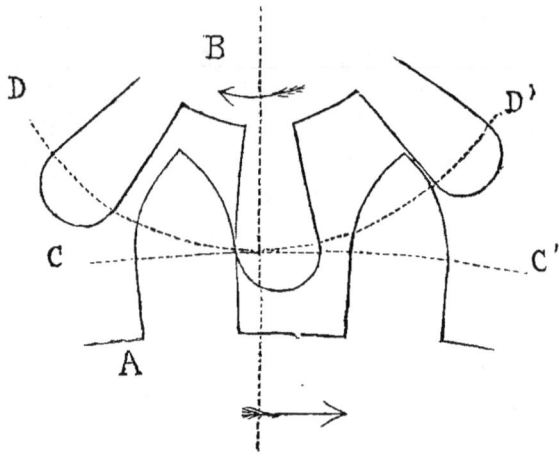

Dans les engrenages à *crémaillère*, où le pignon engrène avec une sorte de règle droite dentée, la forme de la dent est cycloïdale par application de la courbe engendrée par un cercle roulant sur un plan droit.

Pour les engrenages qui supportent de grands efforts et où il est utile de diminuer les frottements aux points de contact, on remplace les pignons par des *lanternes*. Au lieu des ailes, ce

sont des rouleaux mobiles ou *fuseaux*, qui reçoivent l'action de la roue.

On se sert aussi d'engrenages de champ, d'engrenages d'angle où les roues et les pignons
sont coniques. Ces sortes d'engrenages ne s'emploient que pour changer la direction du mouvement. Au reste, comme le cadre de ce travail ne
comporte que des notions extrêmement générales, nous renvoyons aux traités spéciaux.

On a vu que la théorie des engrenages ne remonte pas au-delà du XVIIe siècle ; si nous avions
suivi l'ordre du développement historique, nous
aurions dû ajourner ces explications, mais il nous
a semblé qu'il valait mieux compléter tout de
suite la démonstration des effets des rouages ;
on comprendra mieux le mécanisme des instruments horaires qui ont succédé aux clepsydres.

Avant de terminer ce chapitre, ajoutons quelques mots sur la manière dont se divisent les
roues. Ce n'est que dans les très grandes machines que l'on peut fondre les roues avec leur denture toute faite. Croire que les rouages d'horlogerie aux dents microscopiques et néanmoins
d'une régularité absolue, sont fondues ou découpées à l'emporte-pièce, est donc une erreur
grossière. Chaque roue est au contraire fendue
ou divisée, puis arrondie avec un soin particulier
après avoir été montée sur son pignon. On peut
se rendre compte de la combinaison de l'outil-
machine employé pour cet objet en supposant
une grande roue type ou *plate-forme* divisée,
admettons, en 360 dents et sur l'arbre ou essieu
de laquelle on fixe solidement la roue que l'on

veut diviser; cette plate-forme, tournant sur son axe, est maintenue dans une position déterminée, mais modifiable à volonté par un index à ressort nommé *alidade*. En levant le ressort et en faisant passer devant l'alidade un certain nombre de divisions de la plate-forme, il est facile d'obtenir un nombre infini de subdivisions du nombre qu'elle porte. Ainsi, pour diviser en 120 la roue que nous avons placée sur la machine, on sautera de trois en trois dents avant d'engager l'index, puisque 120 est contenu trois fois dans 360. Si, maintenant, avec une lime circulaire ou *fraise*, tournant avec une grande rapidité et montée sur un chariot mobile, on pratique une entaille à la circonférence de la roue chaque fois que la plate-forme sera arrêtée par l'alidade, on aura 120 divisions exactement correspondantes aux divisions de la plate-forme. Pour diviser en 60, en 36 ou en 18, on sauterait 6, 10 ou 20 divisions, etc.

Il est évident que nous ne prétendons pas, par ces quelques lignes, donner la description de la *machine à fendre*; il s'agissait simplement de faire concevoir d'une manière générale l'ensemble de ce mécanisme et de relever en même temps une erreur.

III

HORLOGES A POIDS AVANT LA DÉCOUVERTE DU PENDULE.

Dates des premières horloges. — Des inventions en général. —
Poids moteur. — Encliquetage. — Premier échappement. — Du
volant employé comme régulateur. — Prix des anciennes horloges. — Jacquemarts et automates.

Entre les clepsydres les plus savantes et les
plus simples horloges à poids, il y a tout une
révolution mécanique. Le principe sur lequel
repose la théorie des horloges hydrauliques est
celui d'une force qui se produit successivement,
et doit contenir en elle-même les éléments de sa
régularité. La roue d'une clepsydre mécanique
est à la fois le moteur et le régulateur du rouage
qu'elle anime. L'une de ces fonctions est exclu-
sive de l'autre. La division des pouvoirs est
utile, même en horlogerie, car la force a besoin
d'être contenue dans de sages limites, et ses
moindres écarts apportent le trouble dans toute
l'économie du système.

L'eau, en tombant sur les palettes d'une roue,
agissait bien comme un poids sur les autres mobiles et les faisait tourner d'une quantité déterminée, mais rien ne déterminait d'une manière
précise le temps compris entre la chute de chacune des gouttes d'eau. Les perturbations du mouvement de la machine avaient donc pour cause
première l'irrégularité inévitable de la force motrice.

Toutefois, en adoptant pour moteur un simple
poids, on se trouvait en présence d'autres diffi-

cultés. Le rouage, entraîné par l'effet immédiat de la pesanteur, tendait à défiler (tourner) avec une vitesse accélérée en quelques minutes. C'est pour modérer cette vitesse et la contenir dans des limites normales et calculées, que fut inventée la combinaison mécanique connue sous le nom d'*échappement*.

On attribue cette remarquable conception à plusieurs mathématiciens célèbres. Quelques historiens rapportent que Pacificus, archidiacre de Vérone, mort en 856, fit le premier des horloges mues par un poids, sans le secours de l'eau. D'autres font honneur de cette découverte au moine français Gerbert, qui fut pape sous le nom de Sylvestre II et mourut en 1003. Suivant le P. Alexandre, Walingford, abbé de Saint-Alban, en Angleterre, qui vivait en 1326, aurait construit une horloge à poids perfectionnée. On cite encore Jacques de Dondis, médecin et astronome à Padoue, à la fin du XIVe siècle, avec cette particularité que son invention lui valut le surnom de *horologio,* qui se perpétua dans sa famille; enfin, les chroniqueurs ont enregistré les titres de Jean Muller en 1550 environ.

Pierre Le Roy fait de justes observations à l'occasion des recherches auxquelles a donné lieu le désir de connaître le véritable inventeur des horloges à poids. Il était, selon lui, au-dessus des forces de l'esprit humain de faire parvenir de suite à sa perfection un art aussi compliqué. Il fallait des siècles pour cela. Ainsi, les clepsydres à roues auront donné l'idée du rouage; l'un des savants cités plus haut aura appliqué le balancier, l'autre, l'échappement à palettes, un troisième aura substitué à l'action de l'eau celle d'un poids moteur, etc.

Quand on sait de quelle manière se font la plupart des découvertes, on est très disposé à accepter les réflexions de Pierre Le Roy. Dans les arts mécaniques comme dans les sciences, un progrès en amène un autre, et, sauf quelques rares exceptions, s'il fallait faire la part de chacun dans les inventions dont se glorifie l'industrie humaine, il resterait peu de titres pour justifier le renom de quelques-uns. Une invention, de quelque nature qu'elle soit, n'est pas, comme beaucoup de gens sont disposés à le croire, le fait du hasard ou de l'initiative individuelle : elle est la conséquence de travaux antérieurs, et le plus souvent le résultat de l'expérience de tous. Il suffit, pour se convaincre de cette vérité, de vérifier les dates de quelques-unes des principales découvertes qui semblent, aux ignorants, être le produit spontané d'une seule intelligence et être sorties du cerveau de l'inventeur comme Minerve sortit tout armée du cerveau de Jupiter. Prenons pour exemples l'emploi de la force de la vapeur et l'application de l'électricité.

L'éolipyle, inventé par Héron d'Alexandrie 120 ans avant Jésus-Christ, paraît être le premier exemple de l'emploi de la vapeur comme force motrice ; elle n'agissait pas par pression, mais par réaction.

Salomon de Caus indique, bien plus tard, que la force élastique de la vapeur peut servir à l'élévation de l'eau. Sa machine, qu'il a décrite en 1625, poussait sur des palettes de l'eau renfermée dans une boule.

Cette idée fut reprise, en Angleterre, par le marquis de Worcester en 1663.

Denis Papin, né à Blois, propose, en 1690 et en 1707, la vapeur comme moteur général. Enfin, Newcomen réalise, en 1705, l'idée émise par Papin en 1690 et construit la première machine à vapeur appliquée à l'industrie ; puis les essais continuent jusqu'à Watt, c'est-à-dire en 1769, époque à laquelle les nouveaux moteurs perfectionnés deviennent d'un usage général.

Jusqu'alors, il n'est question que des machines fixes ; les bateaux à vapeur et les locomotives ont donné lieu à d'aussi nombreuses tentatives.

L'idée première des bateaux mus par la vapeur appartient à Papin ; elle est contenue dans l'ouvrage imprimé en 1696. Voici la date de quelques essais :

En 1775, premier bateau d'expérience de Périer à Paris.

En 1781, le marquis de Jouffroy fit faire un bateau qui navigua sur la Seine pendant quelque temps.

En 1807, Fulton construisit le premier vapeur employé à New-York.

En 1812, enfin, un bateau de ce genre est mis en activité en Angleterre.

Le premier essai de locomotion sur terre par la vapeur date de 1769. Cugnot, ingénieur français, construisit une voiture à vapeur qui faisait quatre kilomètres à l'heure sur le sol ordinaire ; mais la chaudière ne fournissait pas assez de vapeur pour alimenter le jeu de la machine. Ce ne fut qu'en 1828 que M. Séguin résolut le problème de la chaudière en donnant une surface de chauffe assez étendue pour produire la quantité considérable de vapeur que nécessite la marche rapide des locomotives.

Nous ne citons ici que les faits acquis, sans parler ni des inventeurs, ni des inventions qui se rapportent aux perfectionnements; et cependant que de temps et d'efforts représente cette courte note! On peut en dire autant du télégraphe électrique, dont l'invention semble contemporaine et qui appartient néanmoins au siècle dernier. Lesage en 1774, Lomond en 1787, Ampère en 1820, et d'autres encore avaient pensé à utiliser l'énorme vitesse de propagation de l'électricité pour transmettre des signaux à distance; puis cette idée fut reprise par MM. Steinheil, Wheatstone, Morse, etc.; et, en 1837, on vit fonctionner le premier télégraphe à aiguilles.

Dans ces différents cas, il serait impossible de dire des uns ou des autres savants, dont nous rappelons les noms, qu'ils sont les inventeurs ou du moteur à vapeur ou de la télégraphie électrique. Ce sont leurs travaux successifs qui ont amené ces appareils à leur perfection actuelle, et nous nous empressons de rendre hommage à leur mérite; mais il est bon de se tenir en garde contre les exagérations de l'ignorance, toujours prête à nier le progrès ou à crier au miracle, ce qui est une double injure à la raison humaine.

Comme on le verra par la suite, presque toutes

les inventions en horlogerie ont été revendiquées, avec quelque raison, par plusieurs savants ou praticiens, et toutes procèdent les unes des autres; elles sont la manifestation progressive d'une même idée. Personne, en particulier, n'a donc inventé la montre ou l'horloge telles qu'on les connaît aujourd'hui, mais chacun des savants ou des praticiens que nous citerons plus tard a contribué à leur perfectionnement.

Quel que soit l'inventeur des horloges à poids, elles furent d'abord d'assez mauvais instruments. Que cela tînt à l'imperfection de la main d'œuvre ou à toute autre cause, toujours est-il que durant deux ou trois cents ans, on continua à demander aux horloges hydrauliques la division du jour. Peut-être les troubles, les guerres civiles et tous les désordres qui précédèrent en Europe la formation des nationalités, en enrayant le progrès intellectuel, réagirent-ils contre les arts de précision et empêchèrent-ils la vulgarisation des procédés déjà découverts ?

La première horloge à laquelle on peut, en France, assigner une date certaine est celle qui existait sur le pont Saint-Pierre, à Caen. Elle portait l'inscription suivante : « M'a faite Beaumont, l'an mil trois cent quatorze. » Cette horloge sonnait les heures. Huet, dans son *Origine de Caen*, rapporte que sur son timbre étaient gravés les vers suivants :

> Puisque la ville me loge
> Sur ce pont pour servir d'orloge,
> Je ferai les heures ouïr
> Pour le commun peuple réjouir.

Cette inscription montre que le mécanisme de la sonnerie était déjà appliqué aux nouvelles horloges. L'auteur de cette importante addition est d'ailleurs inconnu. Il semble que l'on doive attribuer les divers perfectionnements des machines horaires de ce temps à ces patients et habiles mathématiciens qui, réfugiés à l'ombre des cloîtres, mettaient à profit, comme Gerbert, les connaissances transmises par les Arabes au monde chrétien. Eux seuls avaient, avec le *besoin* de connaître la division du temps, assez de science pour combiner des effets mécaniques et calculer des rouages. La première mention des horloges à sonnerie se trouve dans les *Usages de l'ordre de Cîteaux*, compilés vers 1120. Il y est prescrit au sacristain de régler l'horloge de manière qu'elle sonne et réveille avant matines. Ce qui caractérise bien l'époque de ces divers progrès, dit un auteur moderne, c'est que les plus grands efforts des mécaniciens du temps ne furent point déterminés, comme ils le seraient de nos jours, par les besoins de la science : ce n'est point l'astronome, ce n'est point le géographe qui demandèrent à l'horloge plus de précision ou de commodité dans ses machines ; mais il paraît que ce furent les exigences de la vie monastique qui donnèrent lieu aux principales découvertes. Le désir de connaître, pendant la nuit, les heures des offices religieux sans recourir à la marche des étoiles, et celui d'en être averti pendant le sommeil, amenèrent successivement l'invention de l'horloge, de la sonnerie, et, plus tard, du mécanisme du réveil.

Ajoutons que parmi les associations qui, dans l'origine, sentirent la nécessité des instruments horaires, les communautés religieuses étaient les seules qui fussent assez riches pour faire construire des horloges et dédommager les constructeurs de leurs expériences et de leurs recherches. Malgré la grossièreté des premières tentatives et les ébauches informes que produisaient les mécaniciens des XIᵉ et XIIᵉ siècles, leurs efforts n'en étaient pas moins considérables, et l'érection d'une horloge devait être un travail très long et très dispendieux. On peut en juger par la description que donne Julien Le Roy de celle placée à Paris sur la tour du Palais, aujourd'hui *Palais de Justice*. Cette horloge fut construite en 1370 par Henri de Vic, que Charles V fit venir exprès d'Allemagne. On lui assigna, selon Pierre Dubois, six sous parisis et un logement particulier dans la tour.

Un peu plus tard, Manicourt, horloger à Paris, fut chargé de prendre soin de l'horloge; il recevait pour gages quatre sous parisis par jour. Sous le règne de Charles IX, le cadran de l'horloge du Palais fut ornée de figures de terre cuite, exécutées par Germain Pilon. Ce cadran fut réparé sous Henri III, et l'on y joignit les armes de Pologne à celles de France. On lisait, sur une table de marbre, une inscription latine qui signifiait : « La machine qui divise avec tant de justesse les douze heures du jour *apprend à observer la justice et les lois.* » Il paraît, néanmoins, qu'il ne suffit pas de prêcher l'exemple, car ce fut la cloche de cette célèbre horloge qui, deux siècles après son érection, donna le signal du massacre de la Saint-Barthélemy!

On cite l'horloge d'Henri de Vic comme étant déjà en progrès sur les autres appareils du même genre, parce que le rouage du mouvement et celui de la sonnerie n'exigeaient que des poids moteurs de 500 livres. Julien Le Roy, qui commença à porter une grande perfection dans les horloges publiques, en mentionne d'autres dont le poids, de 1,000 à 1,200 livres, n'était que suffisant pour surmonter la résistance des frottements et surtout des engrenages, alors très défectueux. Il n'est pas rare de trouver, dans ces monuments de l'enfance de l'art chronométrique, des roues en fer de trois pieds de diamètre. Disons tout de suite, pour terme de comparaison, que l'horloge actuelle de l'hôtel-de-ville de Paris, qui est réglée par un pendule d'environ 4 mètres de long et dont la lentille seule pèse 120 kilogrammes, est entretenue en mouvement par un poids de 2 kilogrammes.

L'horloge de Henri de Vic est la première horloge publique qui fut établie à Paris. Sa composition était fort simple. Trois roues formaient le *mouvement* proprement dit; deux roues de sonnerie, une de cadran et un chaperon complétaient les rouages. Elle se remontait tous les jours.

On nomme *mouvement*, en horlogerie, l'ensemble des rouages et du mécanisme dont se composent une pendule ou une montre. Cependant, pour distinguer les roues dont la fonction spéciale est d'entretenir les oscillations du balancier de celles de la sonnerie, on appelle les premières *roues de mouvement*.

Ainsi un *mobile* est une roue, et le plus souvent une roue montée sur pignon ; un *rouage* est une réunion de mobiles ; et le mot *mouvement*, entendu dans un sens général, signifie la machine complète dégagée de son enveloppe : *boîte*, *cage* ou *modèle*.

Dans les horloges mécaniques, qu'elles soient simples ou à sonnerie, le mouvement proprement dit se compose de trois parties essentielles et distinctes : 1° le moteur, poids ou ressort ; 2° le rouage ; 3° l'échappement.

Poids moteur.

A l'époque dont nous nous occupons, on ne connaissait encore qu'une source de force : la pesanteur. On sait que la pesanteur est due à *l'attraction universelle*, en vertu de laquelle toutes les parties matérielles des corps tendent sans cesse les unes vers les autres. On regarde cette force comme une propriété générale inhérente à la matière. Elle agit sur tous les corps, qu'ils soient en repos ou en mouvement. Elle est toujours réciproque entre eux et s'exerce à toutes les distances ainsi qu'à travers toutes les substances. L'attraction universelle prend le nom de *gravitation* lorsqu'elle s'exerce entre les astres ; celui de *pesanteur* quand on considère l'attraction que la terre exerce sur les corps pour les entraîner vers son centre, effet que l'on traduit par cette expression : *faire tomber*.

Nous n'avons à nous occuper des conséquences

de l'attraction universelle que sous le rapport de la *pesanteur*.

La pesanteur agit en raison inverse du carré de la distance, et proportionnellement à la masse, et s'exerce sur tous les corps dans quelques conditions qu'ils se trouvent.

On distingue le *poids absolu*, le *poids relatif* et le *poids spécifique*. Le *poids absolu* d'un corps est la pression qu'il exerce sur l'obstacle qui s'oppose à sa chute. Le poids d'un corps est proportionnel à sa masse.

Le *poids relatif* d'un corps est celui qui se détermine par rapport au poids d'un autre corps choisi pour unité. Enfin, le *poids spécifique* d'un corps est le rapport de son poids relatif, sous un certain volume, à celui d'un égal volume d'eau distillée et à 4 degrés au-dessus de zéro. Ainsi, si on donne 7 pour poids spécifique du zinc, cela veut dire qu'à *volume* égal le zinc pèse 7 fois plus que l'eau distillée.

Deux points sont encore importants à connaître en horlogerie, c'est celui déterminé par la pesanteur verticale et celui du centre de gravité. Bornons-nous, quant à présent, à donner leur définition théorique. On nomme *verticale* la direction de la pesanteur, c'est-à-dire la ligne droite que suivent les corps en tombant. On entend par ligne ou *plan horizontal* une ligne ou un plan perpendiculaire à la verticale. Le *centre de gravité* d'un corps est un point par lequel passe constamment la résultante des actions de la pesanteur sur les molécules de ce corps dans toutes les positions qu'il peut prendre.

XIX.   4

Dans la pratique, la *pesanteur* est la cause première de la puissance et de la direction verticale
des corps librement suspendus.

On conçoit dès lors qu'un poids quelconque,
suspendu à l'une des extrémités des bras égaux
et équilibrés d'un levier du premier genre, placé
horizontalement, entraînera cette extrémité dans
sa chute et élèvera l'autre extrémité d'une quantité correspondante, c'est-à-dire amènera le levier à la ligne verticale. Si ce poids est attaché
à une corde enroulée sur la gorge d'une poulie,
l'effet sera le même, mais prolongé, et la poulie
tournera jusqu'à ce que le point d'attache de la
corde sur la poulie soit ramené à la verticale,
ou, pour être plus clair, jusqu'à ce que la corde
soit complétement déroulée. Admettons que la
poulie soit fixée sur l'axe d'une roue dentée engrenant avec le pignon d'un autre mobile qui
engrène à son tour avec un autre pignon, et ainsi
de suite ; cette transmission successive de force
donnera naissance à une série de tours ou révolutions dont la durée sera en raison de la corde
enroulée sur la poulie ou cylindre de la première
roue, et du nombre de tours que fera la dernière
roue dans un temps déterminé. Il est entendu
que pour avoir la plus grande puissance possible
avec un poids donné, l'effet de cette pesanteur
ou tirage devra être vertical. Une machine mue
par un poids est donc nécessairement une machine à poste fixe.

Nous avons démontré les effets des engrenages : comment les roues dentées multiplient la
vitesse en diminuant la force, et, réciproque-

ment, comment on peut gagner de la force en diminuant la vitesse. Pour compléter ce qui est relatif au moteur, expliquons le mécanisme de l'*encliquetage*.

L'encliquetage est la combinaison qui permet de remonter le poids d'une machine en imprimant à la poulie un mouvement indépendant. Si la poulie et la roue qu'elle conduit étaient simplement ajustées à frottement dur l'une sur l'autre, on pourrait sans doute les faire mouvoir l'une sans l'autre, mais ce moyen n'offre aucune certitude, puisque le poids finirait toujours par entraîner seule la poulie lorsque les parties frottantes s'useraient. On a donc recours au système suivant (*fig.* 5) : La poulie A est assujettie sur l'axe B de manière à faire corps avec lui, tandis que la roue C est montée libre ; un des bords de la poulie, ou un disque, fixe comme elle, est taillé à sa circonférence comme une scie, et ces dents, dites à *rochet*, sont dirigées dans le sens du mouvement de rotation que donne la descente du poids. De plus, sur le côté de la roue C est placé un court levier ou *cliquet* D, dont l'extrémité, taillée comme les dents, vient s'engager dans l'intervalle de deux de ces dents. Il résulte de cet ensemble 1° qu'en faisant tourner l'axe B à l'aide d'une clef ou d'une manivelle, dans le sens de la flèche, on enroulera la corde sur la poulie, et chaque dent du rochet soulèvera en passant le cliquet D, qui, poussé par le ressort E, retombera dans la dent suivante et arrêtera la poulie dans son mouvement rétrograde ; 2° dès que l'on ne tournera plus l'axe B, la poulie, sollicitée par le poids à tourner dans le sens opposé,

Fig. 5.

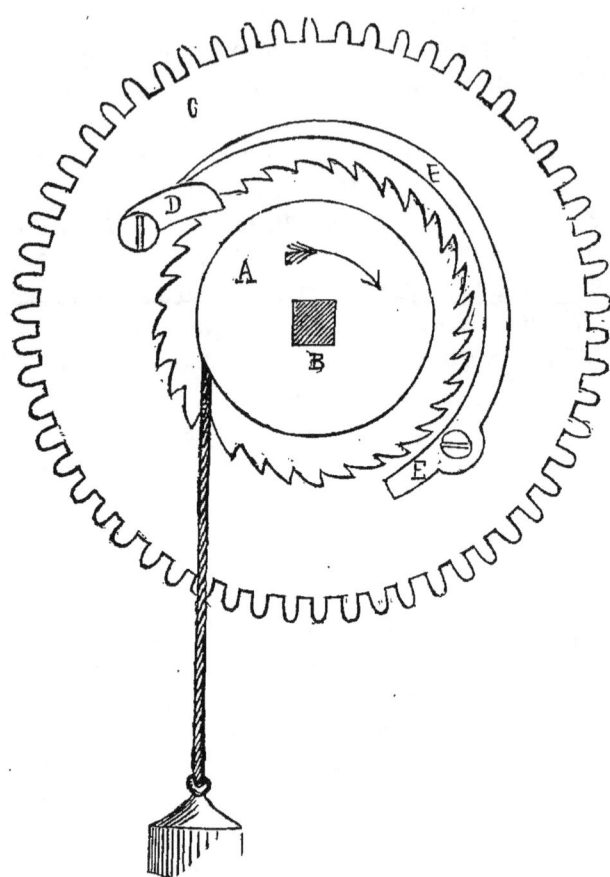

agira par ses dents sur le cliquet D, et celui-ci étant fixé sur la roue C, l'obligera à suivre le mouvement que le poids communique à la poulie. Par cette combinaison, la poulie et son áxe jouissent de la propriété de tourner alternativement dans les deux sens : ils glissent sur la roue ou tournent avec elle selon les besoins.

Les applications de l'*encliquetage* sont très variées et jouent un grand rôle en mécanique. Le *cric*, cette machine qui sert à soulever les plus lourds fardeaux, est perfectionné par l'encliquetage. On sait que le cric est composé d'une série de roues dont la dernière, engrenant avec une crémaillère dentée, pousse en avant l'espèce de fourchette qui la termine. La première de ces roues, à l'axe de laquelle s'applique la manivelle, reçoit entre les dents un robuste cliquet qui à lui seul soutient tout l'effet de la pesanteur du fardeau. Cet utile auxiliaire, en empêchant les roues de rétrograder, permet ainsi à l'ouvrier de réserver toute sá force pour pousser la manivelle en avant. A bord des navires, le cabestan qui sert aux grosses manœuvres est muni d'un encliquetage. Les nouvelles machines, ou treuils à leviers pour monter les pierres, et dont l'usage se généralise, ne sont autre chose qu'un grand encliquetage. Un levier, dont le centre est le même que celui de l'axe du treuil, porte un cliquet ; celui-ci permet d'élever le levier sans résistance, mais fait tourner la roue du treuil, en encliquetant avec elle, lorsque les ouvriers pèsent pour le ramener vers eux. Au moyen d'une suite d'efforts en ligne droite, on obtient ainsi, avec moins de fatigue, un mouvement circulaire, et l'on élève les plus lourdes pierres jusqu'au faîte des édifices.

Nous ne multiplierons pas ces exemples de l'emploi de l'encliquetage, sur lequel nous avons d'ailleurs à revenir.

Une fois le poids remonté, il tend à faire tourner les mobiles qui composent le rouage; c'est alors qu'intervient l'échappement pour modérer la vitesse.

Le premier échappement connu est celui à *roue de rencontre*. Il était construit de la manière suivante : supposons que la dernière roue d'un train d'engrenages, au lieu d'être plate, soit creusée dans son épaisseur, de manière à former un cylindre ou une virole, et que ce bord soit fendu comme un rochet d'encliquetage ou une scie

Fig. 6.

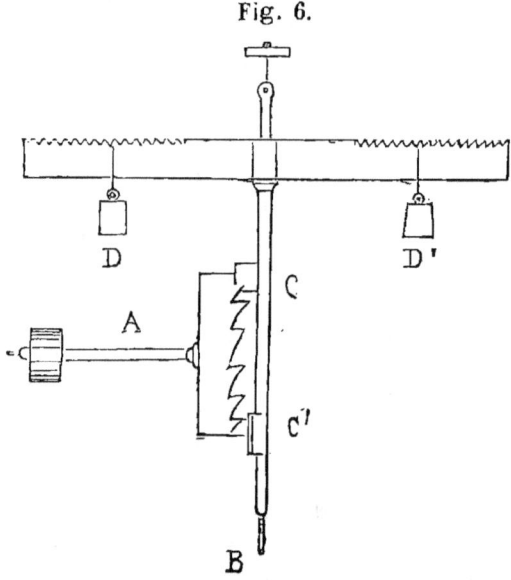

(*fig*. 6); perpendiculairement au pignon de la

roue de rencontre A se place l'axe du balancier B, portant deux courts leviers ou *palettes* C, C' formant équerre. Le balancier ou *folliot* se compose d'une règle de métal montée en travers de l'axe ; à égale distance du centre sont pratiquées de petites encoches où se suspendent deux petits poids nommés *régules*, indiqués par D, D'. L'extrémité inférieure de l'axe terminée par un pivot sert de centre de mouvement, et tout l'appareil oscillant, c'est-à-dire le balancier, son axe à palettes et ses deux *régules*, est suspendu par un cordon.

Il est facile de concevoir que la roue A, en marchant, rencontrera par l'extrémité d'une de ses dents un des leviers C, C' placés sur l'axe. Dans ce cas, elle agit sur ce levier, le pousse, donne ainsi une première impulsion au balancier et passe outre. Pendant ce temps, la dent placée à l'autre extrémité du diamètre de la roue rencontre à son tour le second levier, l'entraîne dans sa course et communique également au balancier un mouvement de rotation, mais en sens inverse du premier. L'action alternative des dents de la roue entretient ainsi les oscillations du balancier pendant tout le temps que dure la descente du poids moteur.

Pour obtenir une vitesse déterminée, on rapprochait ou l'on éloignait du centre les *régules* suspendus sur la règle métallique formant balancier. Si l'on se rappelle ce que nous avons expliqué au sujet de la théorie des leviers, on se rendra facilement compte du réglage des oscillations par le déplacement des petits poids. En effet, plus ces poids ou *régules* étaient éloignés du centre de rotation, et plus ils offraient de résistance à la force motrice agissant sur le balancier par les petits leviers ou palettes; au contraire, plus on les rapprochait et plus leur résistance s'amoindrissait. Par ce moyen, en déterminant la durée d'une oscillation, on obtenait que telle ou telle roue fît un certain nombre de tours en un temps donné, de manière à ce que leurs révolutions concordassent avec les divisions du cadran.

Il y a loin de ces grossiers instruments aux admirables chronomètres, mais cette combinaison, tout imparfaite qu'elle est, réalisait déjà un progrès considérable sur le système des clepsydres les plus perfectionnées.

Au lieu de la combinaison compliquée de l'échappement, on se demandera peut-être pourquoi on ne règle pas la vitesse des rouages d'horlogerie par un simple volant, comme on le fait aujourd'hui dans les tourne-broches, les miroirs à alouettes et autres appareils de rotation? Ce système aurait certains avantages; animées d'un mouvement continu, les aiguilles ne marcheraient plus par saccades; « image mobile de l'immobile éternité, » elles glisseraient sans bruit sur le cadran. Toutefois, cette simplicité est plus apparente que réelle. Tout en protestant au nom des Le Roy, des Berthoud, des Lepaute, des Breguet, contre une pareille comparaison, examinons un tourne-broche et voyons comment il fonctionne.

Cette machine se compose d'un train d'engrenages mû par un ressort ou un poids, et sa dernière roue engrène dans une vis sans fin qui transmet une grande vitesse au volant. Ce volant est formé de deux ou quatre bras munis d'ailes et de boules de plomb. Les ailes sont mobiles sur elles-mêmes ; lorsqu'on présente à la résistance de l'air leur plus grande surface, elles ralentissent la vitesse générale de la machine, à laquelle les boules de plomb assurent déjà une uniformité de mouvement relative. Ces boules sont en effet une espèce de réservoir de force ; une fois animées d'une certaine vitesse, elles tendent à continuer leur rotation et entretiennent le mouvement lorsqu'une résistance quelconque vient passagèrement à l'entraver. Cependant comme ces boules, ainsi que tous les *volants d'inertie*, obéissent à la force centrifuge, elles sont un régulateur imparfait, puisque leur vitesse n'est pas en rapport direct avec l'impulsion qu'elles reçoivent, et que d'ailleurs, cela eût-il lieu, la vitesse dépendrait toujours de la régularité de cette impulsion. Dans les machines de rotation bien faites, celles employées dans les phares, par exemple, le volant, il est vrai, est combiné de façon que, lorsque la vitesse augmente, les boules, fixées aux bouts de leviers articulés, s'écartent par l'action de la force centrifuge et font ouvrir en même temps des ailes. La résistance de l'air et l'augmentation du diamètre du cercle décrit par les boules concourent ainsi au ralentissement calculé de la machine. Mais toutes ces complications, pour régulariser la vitesse angulaire du volant, montrent autant les vices de ce modérateur qu'elles le rendent impropre au service des appareils chronométriques.

Nous venons d'écrire les mots *vitesse angulaire :* on nomme ainsi l'angle dont un corps tourne pendant une unité de temps. La terre, dans son mouvement de rotation autour de l'axe, figuré par la ligne des pôles, a une vitesse de 15 degrés par heure : cela signifie qu'une ligne qu'on imagine menée à l'intérieur de la terre, perpendiculairement à son axe, décrit un angle de 15 degrés en une heure. Dans les machines, les mouvements de rotation sont ordinairement très rapides ; aussi exprime-t-on la vitesse angulaire par le nombre de tours effectués en une minute ou en une seconde.

Dans leur simplicité primitive, les horloges mécaniques se composaient de deux roues, d'un pignon, d'une verge à palettes, d'un balancier, d'un cadran, d'un poids et d'un contrepoids. La corde ne s'enroulait pas alors sur la poulie, elle était seulement passée dessus, et l'entraînait en s'engageant dans les pointes dont la gorge de la poulie était garnie.

Afin d'éviter le glissement de la corde, un contrepoids était fixé à son autre extrémité ; pour remonter l'horloge, il suffisait de tirer ce petit poids. Les pendules comtoises et les *coucous* sont encore construits sur ce modèle. Ainsi, la première roue portait une poulie dentée à rochet, sur laquelle était placée la corde avec le poids moteur et le contrepoids ; à cette roue, tournant en vingt-quatre heures, se fixait le cadran qui,

dans son mouvement de rotation, présentait successivement chacune de ses divisions ou heure à
un index immobile. Cette première roue engrenait directement avec le pignon de la roue de
rencontre, et celle-ci transmettait au balancier ou
foliot, comme on disait alors, l'action du poids,
ainsi que nous l'avons expliqué.

L'effet de l'attraction universelle se décompo-
sait donc en trois sortes de mouvements pour
concourir au but déterminé : la division régulière du temps : 1° mouvement vertical produit
par la chute du poids; 2° mouvement de rotation continu par l'emploi de la poulie et de l'engrenage; 3° mouvement alternatif oscillatoire
par l'échappement.

Cette machine élémentaire fournit donc un
sujet de sérieuses études, surtout si l'on applique
ce que nous avons dit sur la décomposition des
forces dans les engrenages, sur le nombre des
dents, etc.

La sonnerie, inventée dans le commencement
du XIII° siècle, était composée, dans l'origine, de
deux roues et d'un volant modérateur. Ce rouage
spécial avait son moteur particulier. La première roue portait des chevilles pour lever le
marteau qui retombait sur la cloche quand l'horloge devait sonner. Ce moment se réglait par
la seconde roue arrêtée par des détentes jusqu'à l'instant précis où, dégagées elles-mêmes
par le *mouvement* de l'horloge, ces détentes laissaient *courir* le rouage de la sonnerie. Le nombre
de coups à frapper était déterminé par le *chaperon*, sorte de disque entaillé inégalement, sur le-

quel reposait par un des bouts une détente, qui embrayait, par l'autre bout, le rouage lorsqu'elle tombait dans une des entailles.

Quoique simples et imparfaites, ces machines n'en coûtaient pas moins des sommes considérables.

Nous citerons, d'après Pierre Dubois, deux pièces assez curieuses qui serviront à établir les prix des horloges aux XIVe et XVe siècles. La quittance suivante est extraite des livres de la ville de Lille; elle porte la date de 1379 :

« L'an mil IIIcLXXIX, le premier jour de janvier, fut marchandé à *Pierre Daimleville*, faiseur d'oreloges, demeurant à Lille, pour faire une oreloge, pour ma très redoutée dame madame la comtesse de Bar, dame de Cassel, et icelle mectre et asseoir en son chastel de Nieppe, pesant icelle toute ouvrée IIIc l. de fer, lequel fer yl doit lui pourfaire l'ouvrage dessus dit, et en cas où il li sembleroit que icelluy ouvrage ne seroit mie assés fort, et il y maist plus de fer en lui, toutes voies où il apartendroit avoir plus fort ouvrage, et qu'il fut bien employé, ma dicte dame paiera tout le fer qui sera audit ouvrage au pardessus des IIIc l. de fer, et pour celuy ouvrage faire bien loyaulment et justement au dit et regard d'ouvriers et gens connoissans et expers en tel ouvrage, ledit Pierre aura et emportera la somme de XL frans d'or ou moien a lévallue; c'est assavoir XXXVIII gros de Flandres pour le franc, tant pour l'ouvrage dudit oreloge comme pour les IIIc l., ma dicte dame ly fera rendre et payer le sourplus du pois comme dit est. Item mectera et assira ledit Pierre icelle oreloge au clochier où l'autre oreloge est à présent, et tout comme il mectera de temps à l'asseoir, il aura ses dépends à l'ossel ma dicte dame sans autres gages. — Item si aucun défaut avoit au dit oreloge, et qu'il ne fust mic foit en la fourme et manière qu'il appartient, il seroit tenu de y amender à ses propres coûts, frais et dépens, au dit de bons ouvriers, expers et congnoissans un tel ouvrage. — Item il doit être baillié et délivré par Cassard Malinet, pour et au nom de ma dicte dame, toutes manières de bois carpenté et ouvré, et icellui asseoir et mectre où il ordonnera etre mis pour asseoir et mectre ledit oreloge. — Item doit avoir et aura ledit Pierre, pour gouverner cescun au ledit oreloge, une cote des draps des officiers, toutefois que madame fera sa livrée, et sera aux déspens de ma dicte dame toutes les fois qu'il veura visiter ledit oreloge et qu'il y faudra aucune chose, et y doit venir toutefois que on le mandera, lequel ouvrage ledit Pierre doit rendre tout fait et assis audict clochier dedans le jour de Pacques prochain venant, toutes lesquelles choses ont été faites et ordonnées par Colard Levesque et Gehan de Chastillon, clercs et secretaires de ma dicte dame. »

L'autre pièce est extraite des *Registres de la ville de Dijon :* « En 1427, le duc de Bourgogne paye 1,000 livres à Henri Zwalis, docteur en médecine, pour recompensation d'un orloige qu'il a fait pour le duc, contenant le mouvement des planètes, des signes et dos étoiles. »

Nous pourrions multiplier ces citations, car

l'érection d'une horloge publique était encore, il
y a trois ou quatre cents ans, un événement d'une
grande importance. Parmi les plus célèbres horloges, on cite celle du château de Montargis, en
1380; celle de la cathédrale de Metz, en 1391;
l'horloge de Messine, qui marquait le cours du
soleil et les phases de la lune. Mentionnons encore, pour compléter la nomenclature des principales horloges du xive siècle, celles de Sens et
d'Auxerre, et surtout celle de Lund, en Suède.

Les horloges destinées à donner l'heure dans
les appartements parurent, en France et en Allemagne, également au xive siècle. Elles étaient
construites comme les horloges publiques, mais
sur de plus petites proportions. On les plaçait
sur des piédestaux en bois sculpté, et les poids
descendaient dans le vide intérieur ménagé dans
la caisse.

Plus tard, les horloges publiques se perfec-
tionnèrent encore sous le rapport de la main-
d'œuvre, mais en même temps on les surchar-
gea de complications bizarres. L'horloge que
Henri II fit construire pour son château d'Anet,
en 1550, représentait, au moment de la sonnerie,
un cerf chassé par une meute de chiens. La
bête, aux abois, sonnait l'heure en frappant
avec un de ses pieds.

Cette époque est celle des *jacquemarts*, ces
sentinelles impassibles qui, placées en haut des
clochers, bravaient les vents, le soleil et la pluie,
et frappaient la cloche de leur marteau automa-
tique lorsque l'horloge devait sonner.

A propos de l'horloge de la cathédrale de Di-

jon, on cite une pièce de vers, en patois bour-
guignon, que l'on attribue à Changenet, fameux
vigneron de Dijon. On y lisait, selon la traduc-
tion de M. Peignot :

> Jacquemard de rien ne s'étonne :
> Le froid de l'hiver, de l'automne,
> Le chaud de l'été, du printemps,
> N'ont pu le rendre mécontent.

Quelquefois, à Jacquemart, on donnait une
compagne, puis on ajoutait un enfant qui sonnait les quarts sur de petites cloches ; c'est le
cas particulier de la cathédrale de Dijon.

Pour en finir avec les anciennes horloges célèbres, citons encore celle de Jean-d'Iéna, construite vers le milieu du XVIe siècle ; l'horloge astronomique de Strasbourg, qui date de 1573 ;
celle de Lyon, de 1598, et enfin celles d'Augs-
bourg, de Liége, de Venise, etc.

Nous ne décrirons aucune de ces horloges,
parce qu'elles n'ont d'intérêt qu'au point de vue
archéologique. Ces chefs-d'œuvre si vantés, dit
Pierre Le Roy, qui, s'il fallait en croire une tra-
dition erronée, auraient fait crever les yeux à
quelques-uns de leurs auteurs, afin d'empêcher
toute reproduction, ne sont plus admirés que du
peuple. On sait que la plupart de leurs effets
surprenants s'opèrent avec la plus grande facilité. Par exemple, un grand cercle, que conduit
une roue de sonnerie, et qui porte à sa circonférence les douze apôtres, un suisse, un car-
rosse, etc., produit une procession. Par un levier
correspondant aux bras, aux jambes, à la tête et
aux reins d'une figure, à mesure que le cercle

tourne et que le levier est levé par la rencontre de quelques chevilles, les différentes parties se meuvent, et la figure salue, se prosterne ou donne la bénédiction.... Toutes ces futilités, si capables de captiver l'attention de la foule, ne sont plus destinées, de nos jours, qu'à faire l'ornement d'une foire. On a enfin compris qu'elles nuisaient à la régularité de la machine, et qu'une pièce d'horlogerie est particulièrement recommandable par sa justesse.

D'ailleurs, toutes ces horloges étant encore le produit d'un art en enfance, malgré tous les soins que l'on pouvait apporter à leur construction, elles n'auraient pu soutenir, pour la régularité de la marche, la moindre comparaison avec la plus ordinaire de nos modernes horloges de bois réglées par un *pendule*.

IV

PREMIÈRES HORLOGES A RESSORT. — PREMIÈRES MONTRES.

OEufs de Nuremberg. — Montres vénitiennes. — Élasticité. — Trempe. — Revenu. — Effets du ressort moteur. — Fusée. — Chaîne.

Les premières horloges portatives paraissent remonter au commencement du XVIe siècle. *Derham* dit avoir vu une montre qui avait appartenu à Henri VIII, roi d'Angleterre, mort en 1547. L'*Encyclopédie* rapporte l'anecdote suivante : « Un gentilhomme, ruiné par le jeu, étant entré dans la chambre de Louis XI, prit son horloge et la mit dans sa manche, où elle sonna. Louis XI, non-seulement lui pardonna le vol, mais lui donna généreusement l'horloge. » Si cette historiette est vraie, elle constate deux faits d'une certaine importance historique : la construction de petites machines horaires· dans la seconde moitié du xv° siècle, puis la *clémence* de l'hypocrite despote de Plessis-lès-Tours.

Tout le monde a entendu parler de grosses montres ovales appelées *œufs de Nuremberg*, qui prouvent que l'horlogerie portative avait pris d'assez grands développements en Allemagne. On date de 1500 cette fabrication. Venise s'est aussi distinguée dans cette industrie. Les ouvriers vénitiens, suivant M. C. Saunier, étaient renommés pour leur adresse à travailler les métaux. Ils excellaient dans les ouvrages en cuivre et en laiton ornés d'arabesques, damasquinés d'or et d'argent, enrichis de pierres précieuses. Dans cet art, qu'ils devaient aux Arabes de Mossul et de Damas, ils dépassaient leurs maîtres. Si l'on admet que les premières montres furent bien plutôt des bijoux que des objets de quelque utilité; si l'on remarque que parmi celles qu'on peut voir encore de nos jours, dans les collections particulières ou dans les musées, la plupart ont des enveloppes fort riches, niellées, damasquinées, chargées d'émaux de couleur, à la manière vénitienne; si l'on tient compte de l'immense réputation des orfévres italiens, et, de ce fait, que la première montre de dimension assez exiguë pour être enchâssée dans une bague est attribuée à l'un d'eux, on arrive à cette conclusion, qu'en Italie, l'art, au commencement du

xix.

5

xvie siècle, était sorti de l'enfance. Des recherches faites dans les archives de ce pays fourni-
raient vraisemblablement des titres d'un haut
intérêt pour l'histoire de l'horlogerie, titres qui
pourraient bien faire remonter l'origine authen-
tique des montres à une époque antérieure à l'é-
poque assez généralement acceptée comme la
dernière limite historique, limite placée aux environs de 1500.

Nous n'avons pas à déterminer d'une manière
plus précise l'apparition des premières horloges
portatives ; mais il importe de constater que
l'inventeur du ressort moteur est aussi inconnu
que les inventeurs des horloges à poids et de
l'échappement. Les vieux historiens, qui enre-
gistraient avec tant de soins les noms des plus
méprisables batailleurs et les détails les plus
puérils et les plus ridicules de l'existence des
princes, restent muets lorsqu'il est question de
faits utiles à la civilisation. On dirait que les
chroniqueurs n'ont de mémoire que pour le mal !

En insistant sur ce point, nous n'exagérons en
rien l'importance de ces découvertes. La plupart
des sciences exactes et l'astronomie surtout reçoivent journellement de l'horlogerie un utile
concours. Le savant Bailly le reconnaissait lorsqu'il disait, en parlant des horloges : « A ces
instruments la destinée avait attaché la perfection de l'astronomie. » Aujourd'hui les chronomètres guident les navires à travers les mers et
servent à dresser les cartes géographiques ; or,
toutes ces applications de la connaissance exacte
du temps étaient impossibles si l'on n'avait pas

su rendre transportable l'instrument propre à le mesurer.

On a vu qu'en raison de la nature de son action, le poids ne peut servir de moteur à une machine mobile; il faut, dans ce dernier cas, remplacer la force puisée dans la pesanteur par la force produite par l'élasticité d'une lame métallique : un ressort est donc substitué au poids dans les horloges portatives.

On sait que l'*élasticité* est la propriété qu'ont les corps de reprendre leur forme ou leur volume primitif lorsque la force qui altérait cette forme ou ce volume cesse son action. On obtient l'élasticité par *pression*, par *traction* ou par *flexion*. Nous n'avons à nous occuper que de ce dernier mode.

Tous les solides taillés en lames minces et fixés par une de leurs extrémités peuvent, après avoir été plus ou moins courbés, revenir à leur première forme lorsqu'ils sont abandonnés à eux-mêmes. L'acier trempé possède cette propriété plus que tout autre corps. Toutefois, il y a toujours une limite à l'élasticité, c'est-à-dire un déplacement moléculaire au delà duquel la lame serait brisée ou tout au moins rendue et ne reprendrait pas sa forme.

On augmente l'élasticité de plusieurs métaux par l'*écrouissage*, c'est-à-dire en rapprochant à froid leurs molécules, soit au moyen de la filière ou du laminoir, soit en les frappant à coups de marteau. Quelle que soit cependant l'élasticité du laiton écroui, elle n'atteint jamais celle de l'acier *trempé* convenablement *revenu*.

Le fer, cette noble et précieuse matière sans laquelle on ne tirerait point d'utilité d'aucune autre, n'est employé que dans la construction des grosses horloges; mais, pour l'horlogerie moyenne, il faut qu'il soit converti en acier. Aussi peut-on dire que cet art a plus contribué que tout autre à perfectionner ce métal, par la précision, la dureté, la délicatesse que les instruments chronométriques exigent dans la plupart de leurs parties.

Le fer, combiné avec le charbon et devenu acier, est très différent des autres métaux, car, ayant comme eux la faculté de se durcir au marteau et au laminoir, il a de plus la qualité de se se durcir très promptement par le moyen de la trempe. En effet, si l'on fait rougir vivement un morceau d'acier jusqu'à ce qu'il devienne *rouge cerise* et qu'on le plonge subitement dans l'eau froide, il acquiert une dureté analogue à celle du verre. Cette opération reçoit le nom de *trempe*. Dans cet état, l'acier est tellement dur qu'il cesse presque d'être élastique et se briserait au moindre choc. Il ne pourrait donc faire ressort, c'est-à-dire fléchir d'une quantité déterminée sans casser. On le rend propre à cet usage par le procédé suivant : après l'avoir blanchi en le frottant avec de la pierre ponce, ou toute autre matière capable de lui enlever la couleur noirâtre que produit la trempe, on expose la pièce trempée à l'action d'une chaleur douce, et à mesure que l'acier s'échauffe, il passe peu à peu d'une couleur à une autre, dans l'ordre suivant : *jaune paille* jusqu'au jaune plus foncé; *orange*,

pourpre, violet, bleu, couleur d'eau puis *grisâtre*.
A ce point, on ne remarque plus de changement
dans la couleur, elle reste sensiblement la
même.

Faire passer successivement l'acier par ces
différentes couleurs, en l'exposant au feu, est ce
qu'on appelle *revenir* ou donner du recuit; ainsi
le jaune, le rouge ou le violet indiquent des degrés dans le ramollissement de la trempe. On
proportionne le *revenu* selon l'usage auquel on
veut employer l'acier et selon le parti que l'on
veut tirer de sa dureté. Les burins, les limes
sont à peine *revenus*. L'acier de bonne qualité
revenu bleu est celui qui possède les plus grandes
propriétés élastiques : les ressorts moteurs sont
donc en acier trempé, revenu bleu. Toutefois, il
y a plusieurs sortes d'acier qui diffèrent à la
trempe. Les uns deviennent plus durs que les
autres par le même degré de chaleur et varient
aussi dans le ramollissement obtenu par le recuit; il n'y a guère que l'expérience et la pratique qui puissent guider à cet égard. Un point
essentiel à constater, c'est que la couleur n'est
une indication suffisante qu'autant que l'acier
est resté exposé sans interruption à la chaleur.

En effet, si, après avoir obtenu un *revenu
paille*, on retire la pièce du feu pour en essayer
la dureté, puis, qu'on la soumette une seconde
fois à son action, on la fera bien passer au violet et au bleu, mais sans avoir obtenu une diminution de dureté correspondante à ces couleurs.
Pour avoir un indice sérieux, il faut blanchir la
pièce après chaque refroidissement.

D'après les recherches faites sur l'élasticité, il résulte que la force élastique d'une lame d'acier augmente comme la quatrième puissance de son épaisseur; c'est-à-dire que l'épaisseur étant doublée, la force est huit fois plus grande. En expérimentant sur trois lames d'acier semblables, fixées par un bout, *Coulomb* a trouvé qu'une d'elles, trempée sans revenu, se rompait sous un poids de six livres, mais que sous un effort moindre elle revenait, ayant par conséquent un angle de flexion moins considérable, à la première position. Qu'une deuxième lame, trempée et *revenue* violet, ne se rompait que sous dix-huit livres; sous une flexion moindre, il y avait réaction complète. Enfin, que la troisième lame, entièrement *recuite*, pouvait former le même angle que la première trempée, et revenir à sa première position après une traction de cinq à six livres, mais qu'avec sept livres la lame recuite se *rendait*, ne se relevant que de l'angle de six livres, en sorte que son O de repos ou de départ se déplaçait, à chaque surcroît de flexion, de toute la quantité au delà de six livres.

Si l'on se représente maintenant une lame d'acier, trempée, revenue bleue, d'une longueur quelconque, fixée dans une position horizontale par l'une de ses extrémités, et que l'on place un poids à l'extrémité restée libre, on comprendra facilement que la dureté de cette lame offrira une certaine résistance capable, si la lame est suffisamment tendue et d'une certaine épaisseur, de faire équilibre au poids et même de l'enlever à un moment donné. Cette résistance devient alors une force, et l'élasticité, dans ce cas, remplace la pesanteur. On peut donc substituer, comme moteur, un ressort à un poids ; il suffit pour cela de faire fléchir la lame, c'est-à-dire d'armer ou de bander le ressort au moyen d'un *encliquetage*, comme s'il s'agissait d'un simple poids.

Cependant comme, à part toute autre considération, un ressort droit tiendrait trop de place et qu'il faudrait convertir son déplacement ou flexion en un mouvement circulaire pour l'appliquer à un rouage, on plie la lame en spirale et on l'enferme dans une boîte en cuivre appelée *barillet*, denté à sa base (*fig.* 7) et fermé par un

Fig. 7.

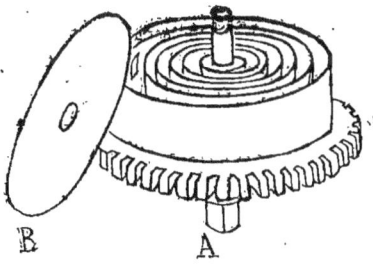

B   A

couvercle B (1). Au centre du barillet et lui servant d'axe se trouve un arbre d'acier A qui porte un crochet ; un autre crochet est placé au barillet. Le ressort, percé d'un trou à chacune de ses extrémités, s'accroche à ces deux crochets. Il résulte de cette disposition que, si l'on tourne l'ar

(1) Dans la figure, le barillet est ouvert, son couvercle est placé à côté, afin de laisser voir le ressort.

bre dans le sens de son crochet et que le barillet soit maintenu dans une position fixe, l'extrémité intérieure du ressort s'enroulera autour de l'arbre jusqu'à ce que toutes les lames soient pelotées au centre. Dans cette situation, le ressort sera remonté, et si, à son tour, l'arbre devient immobile tandis que le barillet sera libre, le ressort tendant, en vertu de l'élasticité, à reprendre sa forme première, fera tourner le barillet jusqu'à ce que toutes les lames du ressort ayant abandonné le centre de l'arbre, viennent s'appliquer contre la paroi intérieure du barillet. Dans ce cas, le nombre de tours de celui-ci sera en raison de la longueur du ressort, de l'épaisseur des lames et des diamètres relatifs de l'arbre et du barillet. Toutes proportions observées, moins le ressort donnera de tours et plus il sera fort, puisque ses lames étant plus épaisses offriront par là plus de résistance, et que, dans ce cas, *résistance* et *force* sont identiques. Il est néanmoins des limites que l'on ne peut dépasser, et l'on ne peut compter employer la force d'un ressort pour faire mouvoir des appareils qui demandent une certaine puissance. Plus un ressort est fort et plus son action est inégale en raison du frottement de ses lames entre elles; les chances de rupture ou de rendement augmentent aussi en proportion de l'épaisseur de la lame. Les meilleurs ressorts sont formés d'une lame d'acier mince et large ; c'est pourquoi les montres très plates, si bien faites qu'elles soient, seront toujours de très mauvaises machines.

D'après ce que nous venons de dire de l'élasticité développée par flexion, on conçoit que la force produite par un ressort est essentiellement inégale. Relativement considérable quand un ressort a acquis son maximum de tension, cette force décroît à mesure qu'il se débande. Ce défaut se traduisait, dans les premières horloges portatives, par une avance considérable lorsqu'elles venaient d'être remontées, et ensuite par un retard graduel. Afin de remédier à ce vice, on imagina la *fusée*, que F. Arago reconnaît, avec tous les auteurs qui ont traité cette matière, pour « une des plus belles inventions de l'esprit humain. »

L'inventeur de la fusée n'est pas connu.

Pour comprendre l'effet de ce mécanisme important, il faut savoir que le ressort était appliqué, dans l'origine, comme le poids dans les horloges fixes, c'est-à-dire qu'il agissait directement sur le rouage par la base dentée du barillet (*fig.* 7). Lorsqu'on a recours à la fusée, le barillet n'a plus de dents, il communique avec le rouage par l'intermédiaire d'une chaînette articulée qui, lorsqu'on remonte le ressort, s'enroule sur une sorte de poulie conique dont la base est armée de dents comme dans la figure suivante (*fig.* 8).

En appliquant la clef sur le carré A porté par l'axe de la fusée, et en le faisant tourner pour remonter, on fait tourner le barillet B, puisque la chaîne C y est attachée par l'une de ses extrémités, tandis que l'autre est fixée à la base du cône de la fusée D. A mesure que l'on remonte, la chaîne quitte la circonférence extérieure du barillet, que l'on peut se figurer comme une sorte de poulie, puis s'enroule successivement

Fig. 8,

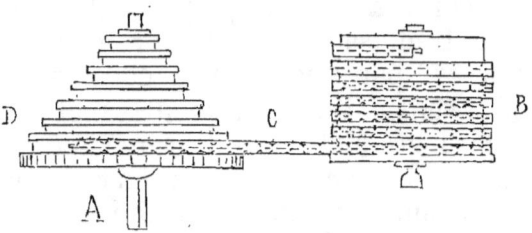

sur l'autre poulie conique que forme la fusée. Il résulte de cette ingénieuse disposition que, lorsque le ressort a son maximum de force, il tire par la chaîne sur le plus petit diamètre de la poulie et agit ainsi par un plus court levier; puis, lorsque son énergie diminue, la poulie de la fusée augmente progressivement de diamètre et offre un levier d'autant plus long. En établissant une proportion rigoureuse entre l'intensité de la force élastique du ressort et la forme de l'hélice tracée par les gorges de différents diamètres que porte la partie extérieure de la fusée, on arrive à égaliser du haut en bas la force d'un ressort.

Complétons cette explication par l'exemple suivant, tiré de ce que nous avons dit précédemment sur les poulies et les leviers :

Supposons une série de poulies dont les différents diamètres seront entre eux comme 1, 2 et 3, et ces poulies fixées sur l'axe d'une seule et même roue. En suspendant un poids quelconque sur la plus petite poulie, on obtiendra une force que nous représenterons par 1 ; en plaçant le poids sur la seconde poulie, bien que le poids reste le même, on aura une force double ; enfin, le même poids appliqué à la plus grande poulie donnera à la roue une force triple, puisque les bras de leviers représentés par les poulies augmenteront, par rapport au bras du levier de la roue, dans les proportions de 1 à 3. L'effet d'un ressort agissant sur un rouage par l'intermédiaire d'une fusée est exactement le même, seulement les conditions de l'expérience sont renversées ; comme la force varie en même temps que les longueurs de leviers, on arrive à animer la roue portée par la fusée d'une vitesse angulaire égale, ou, pour mieux dire, d'une puissance régulière.

Dans les paragraphes spéciaux que nous avons consacrés à l'encliquetage, on a vu que les poulies des horloges portent avec elles un *rochet* et que le *cliquet* est placé sur la roue. La fusée, qui n'est autre chose, nous le répétons, qu'une poulie conique, est également composée de deux pièces ; le cône glisse librement sur la roue dans le sens du remontage, et il est arrêté dans l'autre par l'encliquetage. Dès que la chaîne est complétement enroulée et que, par conséquent, le ressort est armé, le cône, obéissant au tirage de la chaîne, tend à revenir sur lui-même ; il entraîne donc la roue, qui dépend de lui par l'encliquetage, et, par l'effet des dents de cette roue, imprime le mouvement à toute la machine.

On trouve encore dans quelques vieilles montres une corde de boyau au lieu de chaîne. C'est pour ces pièces un certificat d'antiquité, car les premières chaînes d'acier sont elles-mêmes très anciennes. Ce chef-d'œuvre de délicatesse et de patience, composé dans quelques montres de plus de *huit cents morceaux*, est un des exemples les plus remarquables de ce que peuvent produire l'habitude et la division du travail. On peut juger, par la figure 9, de la difficulté que

Fig. 9. présente la fabrication de ces maillons d'acier, trempés, polis et assemblés par des rivets. Chaque chaînette est vendue à Paris, en détail, au prix de 60 centimes à 1 franc!

Malgré les efforts tentés pour obtenir des machines destinées à la mesure du temps une marche constante, on n'arrivait cependant qu'à de médiocres résultats; elles ne pouvaient être d'aucune utilité aux sciences. Les horloges à poids donnaient à peu près l'heure, mais celles à ressort, malgré l'admirable invention de la fusée, réglaient fort mal. On avait remplacé dans ces dernières le balancier à deux bras, par un balancier circulaire semblable à celui en usage dans les montres modernes; en abandonnant forcément le système des *régules* qui réglaient les oscillations de l'échappement à foliots on s'était retiré le moyen de modifier la marche des pièces.

L'horlogerie ne pouvait donc nullement pré-

tendre à prendre rang parmi les arts de précision. Mais de nouveaux progrès dans les sciences
étendirent bientôt le cercle des connaissances
humaines. La découverte du pendule, par Galilée, son application aux horloges par Huyghens,
l'invention du ressort réglant appliqué au balancier des montres et les combinaisons qui furent la
conséquence de ces découvertes, firent enfin de
l'horlogerie un art complet, dont l'étude à partir
de cette époque, est liée aux problèmes les plus
intéressants de la physique et de l'astronomie.

V

LE PENDULE ET LE RESSORT SPIRAL RÉGLANT.

Lois du pendule. — Détermination de la forme de la terre. —
Démonstration du mouvement de rotation diurne. — Pendule
circulaire. — Application du pendule aux horloges fixes. — Mouvement continu. — Application nouvelle du pendule circulaire.
— Spirale ou ressort réglant.

Les deux découvertes que nous venons de signaler changèrent encore une fois les principes
d'après lesquels on construisait les instruments
horaires. Jusqu'alors, on s'était bien plus attaché
aux qualités régulatrices du moteur qu'à rechercher les conditions de la régularité dans le
mécanisme modérateur du rouage, c'est-à-dire
dans l'échappement. Les observations faites par
les physiciens sur les lois qui président à la
chute des corps, conduisirent à la découverte du
pendule dont les oscillations sont dues également
à la pesanteur. Après avoir établi la théorie des
oscillations des corps suspendus, ces savants fi-

rent la théorie des vibrations des cordes tendues, et l'élasticité, par l'adjonction d'un ressort au balancier, fournit aux horloges portatives un régulateur aussi parfait que le pendule l'est pour les horloges fixes.

Ainsi, l'observation des phénomènes de la nature donne le moyen de mesurer des fractions de temps avec une exactitude presque parfaite. L'habileté consiste donc à ne point s'écarter des lois de la physique et à savoir en faire usage dans la construction des appareils chronométriques, sans troubler ni altérer l'harmonie des faits naturels.

Du pendule.

A première vue, il n'y a rien de plus simple qu'un pendule. Prendre une boule, la suspendre à un fil et lui imprimer un mouvement de va-et-vient, est-ce donc là effort d'imagination si admirable? Prenons garde, cependant ! En physique, les faits en apparence les plus ordinaires découlent des causes quelquefois les plus compliquées, et les combinaisons simples sont le dernier mot de la science des machines.

Si nous disions qu'avec cette boule et ce fil on mesure le diamètre des astres, on détermine l'intensité de la pesanteur sur les différents points de notre globe, et par suite la forme de celui-ci; enfin, que l'on démontre le mouvement de rotation diurne de la terre, etc., on demanderait sans doute comment cela peut se faire? Avant de répondre à la question, donnons d'abord quelques explications nécessaires.

Lorsque nous nous sommes occupés de la *pesanteur* à propos du poids moteur des horloges, nous n'avons parlé que des effets généraux de l'attraction, cause première de ce qu'on appelle la *chute* des corps ; il nous reste à examiner dans quelles conditions s'effectue cette chute et quels sont les rapports de ses lois avec le pendule.

Tous les corps pesants abandonnés à eux-mêmes descendent, c'est-à-dire s'approchent du centre de la terre et y sont attirés avec la même vitesse, à moins que la résistance de l'air ne s'y oppose. Une balle de plomb et une petite plume descendent aussi rapidement l'une que l'autre sous le récipient de machine *pneumatique*, pompe à l'aide de laquelle on produit le vide. Lorsqu'on fait rentrer un peu d'air, on remarque un faible retard dans les corps les plus légers, et ce retard devient tout à fait sensible si on laisse rentrer tout à fait l'air. On conclut de là que si, dans les conditions ordinaires, les corps tombent inégalement vite, cela provient uniquement de la résistance de l'air et non de ce que la pesanteur s'exerce avec plus d'intensité sur certaines substances que sur d'autres.

Un corps qui a deux fois plus de masse qu'un autre est bien, en réalité, attiré vers la terre par une force double, mais cette force double devant mettre en mouvement une quantité de matière double, elle ne peut lui donner que le même degré de vitesse que reçoit l'autre corps d'une force deux fois plus petite.

L'attraction agit sur les corps en raison directe

des masses et en raison inverse du carré des distances. Conséquemment, les corps plus éloignés de la terre descendent moins vite, et le contraire a lieu pour les plus proches.

C'est Galilée, mathématicien du grand-duc de Florence, qui, vers la fin du xvie siècle, découvrit les lois de la pesanteur et les fit connaître dans ses cours, à l'Université de Pise. Il reconnut, le premier, que les espaces parcourus par la descente d'un corps, augmentent comme les nombres 1, 3, 5, 7, 9, etc.

L'attraction produit des effets inverses, mais dans la même proportion, sur les corps lancés en hauteur.

Ainsi, un corps descend verticalement d'environ 4 m. 9 pendant la première seconde, ensuite de 14 m. 7 dans la deuxième, de 24 m. 5 dans la troisième, de 34 m. 3 dans la quatrième, ce même corps lancé verticalement en hauteur, avec la même force finale qu'il avait acquise à la fin de la descente, parcourt en montant 34 m. 3 dans la première seconde, 24 m. 5 dans la deuxième, 14 m. 7 dans le troisième, et 4 m. 9 dans la quatrième; après quoi, ayant perdu sa force ascentionnelle par ce ralentissement progressif, il recommencera à tomber suivant la même loi. Pour se rendre bien compte de la manière dont s'accroît la vitesse d'un corps qui tombe, il faut observer que, partant de l'état de repos, il acquiert dans la première seconde une certaine vitesse. Si l'action de la pesanteur cessait tout à coup pendant la deuxième seconde, le corps continuerait à se mouvoir uniformément en raison de son inertie ou de sa force acquise ; mais il n'en est pas ainsi, car, durant ce même espace de temps, il reçoit de l'attraction ou pesanteur une même somme d'impulsion que pendant la première seconde ; à la vitesse acquise s'ajoutera donc une vitesse égale, autrement dit, cette vitesse est doublée et ainsi de suite. On peut considérer la pesanteur comme une force quelconque qui communiquerait aux corps, pendant leur chute, une suite d'impulsions successives et égales.

Si une boule se meut sur deux plans également inclinés ou dans l'intérieur d'un cercle, elle descendra et remontera suivant les mêmes lois. Entre son mouvement et celui d'un corps tombant librement, il y aura cette seule différence, qu'une partie de sa pesanteur étant soustraite par le plan, sa marche sera proportionnellement plus lente ; mais elle conservera les mêmes rapports, c'est-à-dire acquerra, par sa chute, une force propre à la faire remonter du côté opposé du plan ou du cercle.

On comprend maintenant que la pesanteur produira les mêmes effets si la boule est suspendue à l'extrémité d'un fil, et que l'autre extrémité soit attachée à une voûte ou à un point fixe quelconque. La boule, étant en repos, tiendra le fil dans sa verticale, par conséquent dans la direction de sa pesanteur. Si, par quelque moyen, on éloigne la boule de la ligne verticale et qu'on l'abandonne ensuite à elle-même, l'action de la pesanteur, ou attraction terrestre, la ramènera non-seulement dans la verticale, mais la

XIX.

6

fera passer de l'autre côté et remonter à la même hauteur d'où elle était descendue. L'arc de cercle décrit par la boule pendant sa descente et son ascension prend le nom d'*oscillation*. Or, comme la pesanteur agira également dans la seconde oscillation comme dans la première, la boule continuerait sans fin à se mouvoir si le frottement du point de suspension et la résistance qu'elle éprouve en déplaçant l'air ne réduisaient peu à peu l'étendue de ses oscillations, jusqu'au moment où elles cessent complétement.

On rapporte que Galilée, à l'âge de vingt-deux ans, observant les mouvements d'une lampe suspendue à la voûte de la cathédrale de Pise, crut reconnaître que ces mouvements s'accomplissaient dans des temps égaux. C'est à ces observations que se rattache la découverte du pendule. Après diverses expériences qui lui parurent concluantes en faveur de l'égalité des oscillations, il proposa d'appliquer ce nouvel instrument aux calculs astronomiques.

On découvrit plus tard que l'*isochronisme* des oscillations du pendule, c'est-à-dire la durée égale des oscillations grandes ou petites, n'est vraie que pour les pendules décrivant de petits arcs.

La boule ou *lentille* d'un pendule, dans sa course descendante, est soumise à une force accélératrice qui n'est pas constante, car elle décrit un arc de cercle qui a le fil pour rayon. Tous les éléments de cette courbe ayant des inclinaisons différentes, l'action de la pesanteur se modifie et varie à mesure que la lentille se rapproche de la verticale. Pendant son ascension ou demi-oscillation de l'autre côté du point de repos, la lentille du pendule est soumise à une force retardatrice non constante, produite par les mêmes causes. Cependant, comme les variations de la force qui tend à changer la durée des oscillations grandes et petites d'un pendule sont proportionnelles à l'amplitude de ces oscillations, il en résulte qu'elles sont sensiblement isochrones lorsque les arcs parcourus n'excèdent pas 4 ou 5 degrés.

Pour établir mathématiquement la théorie du pendule, on raisonne sur un pendule idéal appelé, en physique, pendule simple, c'est-à-dire que l'on suppose une lentille formée d'une seule molécule pesante, suspendue à un fil sans pesanteur et oscillant dans le vide autour d'un centre fixe. Comme de pareilles conditions sont impossibles à réaliser, et qu'un pendule a toujours une tige ou verge d'un poids quelconque, ce pendule réel prend, par opposition au *pendule simple*, le nom de *pendule composé*.

La longueur du pendule simple à secondes, c'est-à-dire faisant 1 oscillation par seconde, ou 60 oscillations en 1 minute, ou 3,600 par heure, est, sous la latitude de Paris, de 0^{m}993,866. Pour 1 oscillation par heure, le pendule devrait être long de 12,880,337 mètres, et son extrémité parcourrait environ 154 lieues pour un arc de 2 degrés seulement. La longueur du pendule à secondes est importante à connaître, car il est toujours très facile de construire un instrument de ce genre. En prenant une balle de plomb et en la suspendant par un fil, de manière que la distance entre le point de suspension et le centre de la balle soit exactement de 0ᵐ994 millimètres, on aura à très peu près un pendule à secondes. Dans ce cas, la pesanteur du fil est sans importance, en raison de la masse de plomb qui sert de lentille. Pour une observation de quelques minutes, l'erreur serait presque nulle. Les photographes utilisent encore ce pendule ; et l'on rapporte que Gabriel Mouton, prêtre et astronome à Lyon, employa ce moyen, vers 1670, pour mesurer le diamètre du soleil par le temps du passage du méridien terrestre sur le disque entier de cet astre.

Il est démontré, en mécanique rationnelle, que la longueur du pendule détermine la durée de ses oscillations ; elles sont proportionnelles à la racine carrée de cette longueur. Ainsi, un pendule *quatre* fois plus court qu'un autre accomplira ses oscillations en *moitié* moins de temps. Le pendule qui battra la demi-seconde, ou fera 120 oscillations en une minute ou 7,200 en une heure, ce pendule, disons-nous, aura le quart de la longueur du pendule à secondes, ou environ 0ᵐ248 millimètres.

Cette mesure est celle donnée par le calcul et s'applique au *pendule simple*, dont la longueur se prend à partir du centre de la lentille, qui se confond alors avec le point mathématique nommé *centre d'oscillation*. Il est facile de concevoir que, dans la pratique, le centre de la lentille et le centre d'oscillation ne coïncident plus, puisque la tige, ou verge de suspension, a une pesanteur quelconque et que les molécules qui la composent oscilleraient avec des vitesses différentes, selon leur distance du point de suspension, si elles étaient indépendantes. La question des centres d'oscillation, dit Lalande, fut proposée à tous les géomètres, vers l'an 1650, par le P. Mersenne. Huyghens n'avait alors que vingt et un ans; il s'exerça, aussi bien que *Descartes* et le P. Fabri, sur quelques cas des plus simples, et ils réussirent dans plusieurs; mais ce ne fut qu'en 1673 que Huyghens publia le fruit des plus profondes recherches en ce genre. Depuis, les savants ont complété ces travaux et expliqué ce que les propositions du célèbre géomètre hollandais pouvaient avoir de trop abstrait; enfin Jacques Bernouilli a donné, en 1703, la solution de ce fameux problème.

La question des centres d'oscillations est restée néanmoins du domaine de la mécanique rationnelle, et nous ne pouvons que l'indiquer ici. Qu'il nous suffise de dire, que plus la verge du pendule est lourde par rapport au poids de la lentille, et plus la longueur du pendule composé s'éloigne de celle du pendule simple. Le centre d'oscillation étant placé au-dessus du centre de la lentille, la longueur du pendule réel est toujours plus grande que celle du pendule idéal.

Si l'on change les pesanteurs relatives de la lentille et de la verge d'un pendule, on modifie sa marche, non parce que le poids de la lentille étant plus ou moins considérable, le pendule aura plus ou moins de difficulté à se mouvoir, mais parce que le centre d'oscillation sera changé de place. En fait, le poids n'a pas d'action indépendante de celle de la longueur, quand il s'agit d'un pendule oscillant dans un lieu et à une hauteur qui restent les mêmes. Il n'y aucune analogie entre le pendule et le balancier. Nous insistons sur ce point, afin d'éviter toute confusion entre ces deux régulateurs des rouages d'horlogerie.

Nous avons parlé tout à l'heure de l'action égale que la pesanteur exerce sur tous les corps; le pendule sert à cette démonstration. On a fabriqué des pendules avec toutes sortes de matières; et toutes les substances employées dans ces expériences ont été, à masses égales, attirées vers la terre avec la même énergie.

On ne remarque de changements dans les oscillations d'un pendule d'une longueur déterminée que lorsqu'on le transporte sur un point plus éloigné du centre de la terre. La cause première des oscillations des corps suspendus résidant dans la puissance d'attraction, elles sont naturellement modifiées selon l'intensité de la pesanteur. Cette propriété du pendule le fait servir à la démonstration de l'aplatissement de la terre vers les pôles. Notre globe est, comme on sait, renflé vers l'équateur; si l'on transporte dans les régions situées à la surface de ce plus grand diamètre un pendule qui bat les secondes à Paris, l'attraction aura naturellement moins d'effet sur lui, puisque sa masse sera plus éloignée du centre de la terre. Le contraire a lieu à mesure que l'on se rapproche des contrées polaires. Dans le premier cas, le pendule retarde;

dans le second, ses oscillations sont accélérées.
Au reste, la force centrifuge, développée par la
plus grande vitesse de la circonférence du globe à
l'équateur, concourt aussi à diminuer l'action de
la pesanteur.

Voici dans quelles proportions varie la longueur du pendule *à seconde* transporté de l'équateur au pôle :

Sous l'équateur cette longueur est de $0^m990,925$
A Paris. . . . . $0^m993,866$
A 10° du pôle. . . . . , . $0^m995,924$

On peut donc, à l'aide du pendule, déterminer
la forme du globe et mesurer en conséquence la
hauteur des montagnes. Quant au mouvement de
rotation de la terre, les belles expériences de
M. L. Foucault l'ont prouvé matériellement, non
pas tout à fait comme nous le disions plus haut,
avec une boule et un fil de soie, mais avec une
sphère métallique pesant 28 kilogrammes, suspendue à la voûte du Panthéon par un fil d'acier
d'une longueur de 67 mètres, oscillant en 8 secondes. Cet habile expérimentateur s'est servi,
pour sa démonstration, de la propriété qu'a le
pendule d'osciller dans un même plan, malgré
les apparences contraires.

Avant ces expériences, on s'était aperçu déjà
que les pendules à un seul fil dévient du premier plan vertical constamment dans la même
direction, mais on en ignorait la cause, et ces
observations étaient inédites.

Dans l'expérience de M. Foucault, des monti-
cules de sable sont disposés en cercle autour du
point de repos du pendule, puis on écarte celui-ci

de sa position verticale, et, lorsque, livré à lui-
même, il accomplit ses oscillations, on voit la
pointe qui termine sa lentille entamer peu à peu
le cercle de sable, de manière à montrer une
déviation de plan des oscillations de l'orient
vers l'occident.

Le mouvement qu'on observe ainsi dans le
plan des oscillations n'est qu'apparent. En réalité,
dit Arago, ce plan reste immobile, c'est la terre
qui tourne au-dessous d'occident en orient. Après
la communication des expériences de M. Foucault,
M. Liouville a démontré, par une méthode bien
simple, la dépendance du déplacement du plan
des oscillations du pendule avec le mouvement de
rotation de notre globe. Si on suppose qu'on se
transporte d'abord au pôle nord pour y établir
le pendule de M. Foucault, de façon que le point
de suspension soit sur le prolongement de l'axe
de rotation de la terre, il est évident que, tout
étant symétrique par rapport au plan dans lequel
on aurait fait mouvoir arbitrairement le pendule,
le mouvement de la terre deviendra sensible par
le contraste de l'immobilité du plan d'oscillation.
En effet, un observateur placé sur la terre sera
entraîné avec elle de l'est à l'ouest, et comme il
ne s'aperçoit pas de son propre mouvement,
ce sera le plan d'oscillation qui lui semblera
tourner en vingt-quatre heures de l'est à l'ouest.
Au pôle austral, le pendule présenterait les mêmes
phénomènes manifestés en sens contraire. Par
conséquent, sur l'équateur même le plan d'oscillation devra paraître immobile; il n'y a pas de
raison pour qu'il semble tourner dans un sens

plutôt que dans un autre, l'observateur placé à l'équateur terrestre étant toujours pendant les vingt-quatre heures du mouvement de rotation de notre globe dans la même position par rapport au pendule oscillant.

Ainsi le pendule oscillant est soustrait à l'influence du mouvement de rotation de la terre. Le plan qu'il trace sur le sable, dans la démonstration de M. Foucault, est la conséquence de ce fait et donne la preuve matérielle de la rotation de notre globe.

Jusqu'à présent nous n'avons considéré le pendule que sous son aspect le plus ordinaire, c'est-à-dire décrivant des oscillations planes, cependant Huyghens a imaginé, vers 1673, une horloge réglée par un pendule dont la lentille parcourt un cercle ou tourne autour de la verticale. Ce pendule, appelé *pendule parabolloïde* par son inventeur, est connu aujourd'hui sous le nom de *pendule conique;* il obéit aux mêmes lois que le *pendule plan* et oscille en raison de sa longueur. Si l'on prend une boule suspendue à un fil qui mesurera 9,94 millimètres du centre de la boule à son point de suspension et qu'on l'écarte de son aplomb, elle accomplira une double oscillation en deux secondes ; si, après l'avoir éloignée de son repos, on imprime à cette boule un mouvement *circulaire* autour de la verticale, elle décrira son cercle entier également en deux secondes. Les oscillations grandes ou petites de l'un et l'autre pendule sont sensiblement de même durée, seulement dans le pendule conique les grands cercles sont parcourus avec plus de vitesse ;

dans le pendule plan les grands arcs sont décrits avec plus de lenteur. On trouvera plus loin l'application du pendule conique ou circulaire.

Ce qu'on vient de lire montre de quelles qualités précieuses est doué le pendule et quel parti on peut en tirer dans les machines horaires. Puisque ses oscillations, réduites à de petits arcs, ont une durée indépendante de leur amplitude ou étendue, il est évident que c'est le meilleur régulateur possible à donner aux appareils chronométriques.

Quel que soit le moteur employé, il y a toujours dans la transmission de la force au dernier mobile, des variations assez sensibles. Lorsque la puissance est due à l'élasticité, c'est-à-dire produite par un ressort, la cause principale de l'inégalité réside dans le moteur lui-même, un poids donne de meilleurs résultats. Mais il n'en existe pas moins des différences assez notables dans la valeur du mouvement transmis, car les frottements, l'épaississement de l'huile et mille autres causes contribuent à ralentir ou à accélérer la vitesse angulaire des diverses roues et à altérer l'action exercée par la roue d'échappement sur le modérateur. Or, en se rapportant à la description du premier échappement, on peut se convaincre que si le balancier qui le règle est poussé avec une force inégale, il décrira des arcs plus ou moins étendus, et par conséquent mettra plus ou moins de temps à accomplir ses oscillations. Avec un régulateur de cette nature, il faut donc une force constante. Si, au contraire, on remplace l'espèce de volant employé primitivement par le pendule, on a de suite un régulateur qui commande à la force motrice au lieu d'être sous son entière dépendance.

C'est a Huyghens que l'on doit cette importante invention, bien qu'elle ait été attribuée par quelques auteurs tantôt au fils de Galilée, tantôt à Juste Birge, inventeur du compas de proportion. Ce qui est certain, c'est que la première horloge à pendule fut présentée par Huyghens aux Etats de Hollande, le 16 juin 1657.

Comme on ne connaissait encore à cette époque que l'échappement à palettes, qui fait décrire de grands arcs au pendule, Huyghens s'aperçut bientôt des irrégularités produites par les variations d'amplitude. Il conçut alors l'idée de faire déployer la soie à laquelle le pendule de son horloge était suspendu sur deux cycloïdes. Ces courbes laissaient passer entre elles le fil de supension qui, en s'appuyant alternativement sur l'une et l'autre, se raccourcissait dans les grands arcs d'oscillation dans une proportion telle, que le pendule devenait plus court à mesure que l'amplitude augmentait. Par cet habile artifice, le savant géomètre remédiait au défaut d'isochronisme, et obtenait que les grands et les petits arcs de son pendule fussent égaux en durée.

Tout porte à croire cependant que Huyghens, malgré la cycloïde, si admirable au point de vue théorique, ne s'abusait pas sur sa mise en œuvre. Il eut en même temps que Leibnitz l'idée du *remontoir d'égalité*, combinaison ingénieuse qui consiste à n'employer le moteur qu'à remonter un petit poids destiné à agir directement sur la roue d'échappement; par ce moyen, on évite en partie les causes de variation signalées plus haut, et c'est une force constante qui restitue au régulateur la quantité de mouvement qu'il perd à chaque oscillation.

On n'emploie plus la cycloïde, et le pendule conique dont nous avons déjà parlé a été de même longtemps abandonné, en raison de certaines difficultés pratiques rencontrées dans sa suspension, et surtout parce que le pendule ordinaire, appliqué à la mesure du temps, atteint si bien et si simplement son but qu'il était à peu près inutile de chercher mieux. Néanmoins, lorsqu'il s'agit de produire un mouvement uniforme, mesuré et continu, on emploie le pendule conique. Dans ce cas, on arrive à supprimer l'échappement, qui, dans les horloges ordinaires, ayant pour effet de mettre périodiquement et momentanément le rouage en communication avec le pendule, engendre, de toute nécessité, des pulsations qui interrompent la marche de tous les mobiles de la machine et font tourner les aiguilles par saccades. Le mouvement continu est principalement utile pour faire mouvoir l'appareil astronomique dit *machine parallactique;* il sert aussi à enregistrer sur un disque ou cylindre tournant des phénomènes de courte durée. On a imaginé plusieurs moyens pour l'obtenir, mais aucun ne résout le problème avec autant de certitude qu'un simple rouage réglé par le pendule conique. Malgré l'apparente simplicité d'une horloge construite suivant ce système, on a reconnu qu'il ne devait être employé que pour certains usages spéciaux, car si le pendule circulaire peut donner de bons résultats lorsqu'il est d'une certaine longueur, il ne semble pas être un aussi bon régulateur quand il est court. Sa vitesse augmente nécessairement dans ce cas et développe une force centrifuge de nature à troubler l'isochronisme de ses évolutions circulaires. D'ailleurs, quelques difficultés de construction que nous ne pouvons que signaler s'opposeront toujours à la vulgarisation de son emploi.

Quoi qu'il en soit, le pendule conique a été dernièrement l'objet d'une ingénieuse application. Nous empruntons au Mémoire communiqué à l'Académie des sciences par M. Redier quelques lignes qui exposent en quoi elle consiste. Parmi les nombreuses communications faites à l'Académie à la suite de la découverte de M. Foucault, nous rappellerons, dit cet habile horloger, celle de M. Bravais sur la manière dont se comporte le pendule conique relativement à la révolution terrestre.

M. Bravais a démontré que si deux pendules coniques, exactement de même longueur, oscillent, l'un tournant à gauche, et l'autre à droite, ils ne marcheront pas avec la même vitesse, de cette façon que le mouvement diurne de la terre semble s'ajouter au mouvement du pendule ou s'en retrancher. Ainsi, pour rendre l'expérience plus facile à saisir, qu'on se transporte au pôle nord. Pour un spectateur qui ne serait pas entraîné par la rotation, la terre irait de sa gauche à sa droite. Si un pendule conique à secondes

était en marche à ce point du globe, en tournant
dans le même sens il semblerait faire un tour ou
une oscillation circulaire de moins en vingt-quatre heures, tandis qu'un autre pendule, oscillant
en sens contraire, semblerait faire un tour de
plus ; de sorte qu'ils différeraient de deux secondes en vingt-quatre heures.

La même chose arrive, mais d'une manière
beaucoup plus sensible, si ce pendule appartient
à un instrument capable de tourner sur lui-même.
Ainsi, qu'on prenne une horloge à pendule conique, et qu'on la pose sur un plateau tournant,
bien horizontal, de telle sorte que la perpendiculaire abaissée de l'extrémité du pendule au
repos tombe précisément au centre du plateau ;
qu'on mette le pendule en marche et que l'on
compare exactement l'heure marquée avec un
chronomètre. Si le pendule tourne à droite et si
on fait faire un tour dans le même sens au plateau, l'aiguille des secondes aura retardé d'une
seconde ; si on fait tourner le plateau en sens
contraire, l'aiguille aura avancé d'une seconde.
Pour un demi-tour du plateau, il y aura précisément une demi-seconde de différence ; pour un
dixième de tour, un dixième de seconde ; et enfin
les avances ou retards seront toujours rigoureusement proportionnels au déplacement du plateau. On peut ainsi, sans toucher aux aiguilles et
sans mécanisme, établir une coïncidence parfaite
entre deux horloges. Jusqu'à présent, il n'existait
en horlogerie aucun procédé pour avancer ou retarder une pièce de précision d'une petite fraction
de seconde, de manière à modifier son heure

d'une quantité voulue. Cette heureuse application de la propriété que possède le pendule conique, aussi bien que le pendule plan, d'accomplir ses oscillations malgré le déplacement de son point d'attache, permet donc d'atteindre dans la transmission électrique de l'heure d'un observatoire une rigoureuse exactitude, impossible à réaliser autrement. Grâce à cette utilisation du pendule conique, cette découverte d'Huyghens rentre dans le domaine de l'horlogerie de précision.

On ne saurait trop insister sur les immenses services rendus à la science par les travaux de Huyghens. Avant lui, les astronomes et les physiciens étaient obligés non-seulement de donner l'impulsion, mais encore de compter une à une les oscillations du pendule qui servait à mesurer le temps de leurs observations. Si l'on ajoute aux perfectionnements des horloges fixes ceux qu'il apporta aux horloges portatives, on peut dire qu'il est le véritable créateur de l'horlogerie, considérée au point de vue des sciences physiques et mathématiques. Examinons maintenant la valeur de l'importante addition qu'il fit aux montres.

Spiral ou ressort réglant appliqué aux montres.

Les premières montres qui parurent n'étaient, comme nous l'avons expliqué, que la reproduction, sur une échelle très réduite, des grandes horloges fixes; le poids moteur s'y trouvait seulement remplacé par un ressort. Nous avons indiqué les vices de cette combinaison dans les machines immobiles, et l'on comprendra sans

peine combien la régularité déjà si douteuse des
montres devait être compromise par les mouvements et les secousses qu'on leur imprime en les
portant. Lorsque le pendule fut appliqué aux
horloges, la supériorité de leur marche fit désirer
naturellement un progrès semblable dans les instruments horaires portatifs. Mais la condition première des oscillations uniformes du pendule est
sa stabilité ; il ne fallait donc compter en aucune
manière sur cet élément dans les montres. Cependant l'examen des phénomènes produits par
l'élasticité amena les savants à profiter de cette
qualité plus ou moins développée dans certains
corps, pour douer le balancier des montres de
la faculté d'accomplir des oscillations indépendantes de la force motrice. Lorsqu'un fil métallique est attaché perpendiculairement par un
bout à un point fixe et porte à l'autre un poids,
si l'on donne à ce poids une vitesse angulaire
modérée, et qu'on l'abandonne ensuite, il tourne
sur lui-même et décrit des oscillations d'une
étendue progressivement inégale, mais exécutées néanmoins dans des temps égaux ; autrement
dit, elles sont isochrones. De cet isochronisme,
on déduit que la force de torsion qui ramène le
poids à sa position d'équilibre est proportionnelle
à l'angle de torsion ; quand l'angle dont le fil
est tordu est porté au double, au triple, au quadruple, la force avec laquelle réagit ce fil est
elle-même double, triple ou quadruple. Ainsi les
molécules des corps solides, écartées de leur
position d'équilibre dans les limites de leur élasticité, tendent à y revenir avec une force pro-

portionnelle à l'écart qu'on leur a donné. Ce cas est celui de l'élasticité par torsion. On reconnut également qu'une verge d'acier pincée par une extrémité dans un étau et écartée momentanément de sa position d'équilibre ne tarde pas à y revenir après avoir accompli une série d'oscillations décroissantes. C'est là une des propriétés de l'élasticité par flexion dont nous avons déjà signalé les effets à l'occasion des ressorts moteurs. Ces observations et d'autres sur l'élasticité par tension, qui se rattachent plus directement à la théorie physique de la musique, firent naître l'idée de régulariser la marche des balanciers par l'adjonction de la force élastique d'un petit ressort.

On a vu que l'échappement imprime au balancier des montres un mouvement de va-et-vient, et que ce mouvement est commandé par le moteur. Le pendule, au contraire, éloigné de son aplomb, oscille par l'effet de la pesanteur; il a une faculté de se mouvoir qui lui est propre, et ne laisse échapper une dent de la dernière roue du rouage qu'après avoir accompli son oscillation dans un temps fixe. C'est donc à la fois le régulateur et le modérateur par excellence. On imagina d'abord, pour obtenir des résultats analogues, un ressort droit monté sur la platine de la montre et passant par son extrémité libre entre deux chevilles ou goupilles placées sur le balancier. Dans son mouvement de va-et-vient, le balancier faisait fléchir le ressort, tantôt d'un côté, tantôt d'un autre, et par suite acquérait une partie des propriétés du pendule, puisqu'il pouvait osciller indépendamment du moteur. Plus tard, ce ressort fut plié en ondes dans sa longueur; enfin Huyghens perfectionna cette invention en courbant en spirale le ressort réglant. Cette forme continue à être adoptée dans les montres modernes consacrées à l'usage civil, elle a donné son nom au ressort réglant que l'on désigne par abréviation sous le nom de *spiral*. L'invention du ressort réglant fut revendiquée par l'abbé Hautefeuille et par le docteur Hook. Si l'idée première n'appartient pas au célèbre géomètre hollandais, on lui doit de l'avoir rendue sérieusement pratique, car un ressort droit ne permettait pas de faire décrire de grands arcs au balancier; il aurait gêné les pivots et augmenté les frottements, tandis qu'en se ployant et se déployant en spirale, le ressort d'Huyghens ne s'oppose pas aux grandes vibrations et donne à ce régulateur un principe de justesse très précieux. Cet avantage consiste principalement en ce que le *spiral*, uni au balancier sans échappement, lui fait exécuter une suite de vibrations plus régulières que ne ferait l'échappement seul sans spiral, et que ces deux moyens, qui concourent au même but, étant réunis, le spiral soutient assez l'égalité des vibrations dans les moments où le rouage éprouve des inégalités instantanées, pour que celles-ci aient le temps de disparaître avant que les mouvements du balancier, entretenus par le spiral, aient changé sensiblement. Ce fut en 1674 que Huyghens fit exécuter à Paris un ressort spiral vibrant et réglant une montre. Lorsqu'un peu plus tard une montre, avec le ressort réglant ainsi disposé, parut à Londres, « elle y fit, suivant Derham, autant de bruit que si on avait trouvé la longitude sur mer. » On était loin cependant de prévoir toutes les conséquences de cette invention, conséquences que nous indiquerons en parlant des montres marines. Le premier résultat du spiral fut de procurer un moyen facile de régler les montres.

Dans les horloges à pendule, il est toujours possible de régler la marche en montant ou en descendant la lentille, c'est-à-dire en raccourcissant ou en allongeant le pendule, soit en agissant sur la suspension, soit en tournant l'écrou taraudé sur la tige. Il est clair qu'en accomplissant l'une ou l'autre de ces opérations, on changera la durée des oscillations, puisqu'elles dépendent de la longueur du pendule. Pour régler une montre, avant la découverte du spiral, il fallait changer le diamètre du balancier ou tout au moins son poids, et dans l'une et l'autre hypothèse avoir recours à un praticien pour exécuter un travail aussi long que délicat. La force élastique du ressort spiral, combinée avec le poids du balancier, fournit un élément de réglage prompt et certain. En effet, une fois que le spiral est à peu près en rapport avec le poids du balancier, on peut, en modifiant sa longueur, c'est-à-dire le nombre de ses tours, obtenir que les arcs d'oscillations qu'il fait décrire au balancier soient plus prompts. A l'aide d'un mécanisme très simple, que nous décrirons en donnant l'explication complète de la montre moderne, on fait varier le point où commence la flexion du ressort réglant. Par cet artifice on arrive aux mêmes résultats que si on allongeait ou raccourcissait le spiral.

VI

DES ÉCHAPPEMENTS.

Effets généraux des échappements. — Échappement à verge ou à roue de rencontre. — Echappement à ancre. — Échappement à cylindre.

Si l'on s'est donné la peine de suivre le développement du progrès dans les instruments chronométriques, progrès dont nous avons étudié les principales phases, on comprendra que les principes qui président à leur construction ont été profondément modifiés par l'application du pendule et du ressort réglant. Dans les clepsydres, le moteur est tout ; l'action de la pesanteur est intermittente : elle se fractionne et agit sous forme de goutte d'eau. Plus tard les premières horloges nous offrent l'exemple de la descente constante d'un poids, modérée plutôt que régularisée par un échappement dépourvu de régulateur, et ces défauts se trouvent encore aggravés dans les montres, où le ressort moteur et la mobilité sont des sources d'irrégularités nombreuses et inévitables. Ce n'est donc qu'après les deux inventions d'Huyghens que l'horlogerie prend rang parmi les arts de précision.

Une chose digne de remarque, c'est que, dans les machines horaires actuelles, chacun des systèmes moteurs employés contient en lui-même

les éléments de sa perfection. Ainsi, la descente
du poids des horloges est réglée par les lois sur
la *chute des graves*, lois dont la connaissance a
fait appliquer le pendule. Il en est de même pour
les montres ; animées par le développement élastique d'un ressort, elles sont réglées par les vibrations dues à l'élasticité d'un autre ressort. Il
ne faut pas, néanmoins, trop s'étonner de ces faits ;
ils s'expliquent en partie par les recherches
faites dans une voie ouverte par des essais antérieurs. D'ailleurs un rouage peut être mu indif-
féremment par un poids ou un ressort et être ré-
gularisé par un balancier uni au spiral ou par
un pendule ; cela dépend surtout de l'usage auquel est affecté l'instrument. C'est là, en effet, un
des caractères de la perfection dans les appareils
chronométriques modernes : une puissance quelconque peut être employée à les animer ; cette
puissance sera toujours maintenue dans un har-
monieux équilibre et ne servira qu'à entretenir
les oscillations isochrones du régulateur.

Quelles que soient cependant les qualités régulatrices du pendule ou du spiral, il ne faut pas
que l'action du rouage vienne altérer ces qualités. La fonction de celui-ci est non de leur donner le mouvement, comme dans les premières
horloges, mais de leur restituer la force qu'ils
perdent par les frottements. Néanmoins, la manière dont la roue d'échappement agit sur le régulateur peut, dans une certaine mesure, troubler
ses oscillations. Il est donc important de rendre
l'action du moteur aussi uniforme que possible,
lorsqu'on veut arriver à un très grand degré de

perfection dans la mesure du temps. Cette nécessité a donné lieu à la combinaison des divers
échappements.

« L'échappement, dit Moinet dans son *Traité
d'horlogerie*, est ce qui a le plus exercé le génie
des artistes. Mais, dans les premières inventions de ce genre, on ne cherchait guère à en
analyser les effets : on ne considérait l'échappement que comme une sorte d'artifice industriel
simplement propre à ralentir l'écoulement du
rouage produit par le poids ou la puissance motrice ; on imitait ce qui avait réussi, souvent sans
le bien comprendre, et l'on n'y arrivait que par
une sorte d'adresse tâtonnée, d'après d'autres
ouvriers qui n'en savaient pas davantage. Enfin,
l'expérience et l'observation ayant fait apercevoir l'inégalité et l'insuffisance des premiers
moyens, on essaya plusieurs corrections et dispositions qui ont fait naître une grande quantité
d'échappements où, en voulant éviter un défaut,
on tombait dans un autre. »

Nous citons textuellement ce passage d'un auteur estimé, parce qu'il nous dispense de parler
d'une foule de combinaisons actuellement dépour-
vues d'intérêt.

Pour bien comprendre la fonction de l'échappement, il faut, en quelque sorte, séparer par la
pensée le rouage du régulateur et diviser l'ensemble d'une horloge ou d'une montre en trois
parties : 1° le rouage composé des roues et de la
force motrice ; 2° le régulateur balancier, ou pendule oscillant par l'élasticité ou par la pesanteur ; 3° l'échappement mécanisme, qui réunit le

rouage au régulateur et sert à entretenir les mouvements de ce dernier. En général, les échappements, qu'ils soient appliqués à un pendule ou à un balancier, se divisent en trois grandes catégories : ils sont à *recul*, à *repos* ou *libres*.

Ces différentes espèces d'échappement se classent par le mode de transmission de la force du rouage au régulateur. Dans l'échapppement à *recul*, la force agit constamment. Si l'on place une aiguille de secondes sur l'un des derniers mobiles, on voit cette aiguille tourner sur le cadran, en avançant et en reculant par petits soubresauts successifs, mais d'une quantité inégale ; de telle sorte qu'elle finit toujours par accomplir sa révolution. Dans l'échappement à repos, au contraire, le rouage a une marche uniforme ; il est arrêté sur l'axe du régulateur pendant presque tout le temps que celui-ci accomplit son oscillation, et, s'il y a une aiguille de secondes, elle reste immobile jusqu'au moment où la dent de la roue d'échappement échappe pour donner l'impulsion. Dans l'échappement libre, l'effet extérieur est le même ; mais le rouage est suspendu, pendant deux oscillations, par une détente, et le régulateur oscille librement après chaque impulsion. Lorsque le régulateur a la propriété de décrire des oscillations isochrones, l'échappement libre est certainement le meilleur,

Indépendamment du *repos* et du *recul*, on distingue, dans le jeu des échappements, plusieurs périodes qu'il est indispensable de connaître. L'action de la roue d'échappement poussant le régulateur s'appelle *levée*. L'angle que cette levée fait décrire au régulateur pendant le temps que la roue agit s'énonce en degrés du cercle; l'amplitude d'une oscillation se divise donc en arc de *levée* et en arc *supplémentaire*. Ce dernier est formé par la vitesse acquise du régulateur, qui, en raison de son inertie, continue son mouvement après l'impulsion reçue. Enfin, après la *levée* vient la *chute*, qui est le moment où la dent impulsive *échappe* et quitte le levier qu'elle a fini de pousser. Dans les échappements autres que ceux à recul, c'est après la chute que commence le repos qui a lieu pendant l'arc supplémentaire. La marche de la roue d'échappement produit donc trois effets, dans l'ordre suivant : *levée, chute, repos;* ils se traduisent, sur le régulateur, en arc de levée et en arc supplémentaire. Pendant la *chute*, dont la durée est presque incommensurable, le rouage et le régulateur, quoique tous deux en mouvement, sont sans action l'un sur l'autre.

Ceci posé, pour l'intelligence de ce qui va suivre, continuons notre examen.

L'échappement à verge ou à roue de rencontre est à *recul*, c'est-à-dire que la roue d'échappement suit le régulateur dans tous ses mouvements. Ainsi, lorsqu'une de ses dents donne l'impulsion, elle marche dans le même sens que la palette qu'elle pousse, mais elle est entraînée par la seconde palette de la verge au moment où la dent échappe, et elle recule lorsque le régulateur continue son oscillation en vertu de sa propre puissance oscillante. La roue de rencontre a donc une action utile pendant le moment où elle donne l'impulsion, et une action nuisible lorsqu'elle s'oppose à la continuation de l'effet qu'elle a produit. Cette alternative d'action et de réaction engendre de telles irrégularités qu'on a dû cesser d'employer l'échappement à roue de rencontre dans les pièces de quelque valeur. Il est rejeté depuis longtemps de la construction des horloges à pendule ; dans les montres, à part ses défauts, il a encore l'inconvénient d'exiger une grande épaisseur, puisque la roue d'échappement placée en travers des platines ne peut nécessairement avoir pour diamètre qu'une partie de l'épaisseur du mouvement. Or, plus ce diamètre est réduit, et plus le jeu de l'échappement a besoin d'être précis ; cette précision exige des soins qui ne sont pas proportionnés aux résultats.

Ces considérations théoriques et pratiques ont fait abandonner l'échappement à recul dans les montres ; cependant, on continue à appliquer aux pendules d'appartement un échappement à recul dit à *ancre*, inventé par Clément, horloger anglais.

Cet échappement, perfectionné et mis à *repos* par *Graham*, est celui dont on fait usage dans les pendules astronomiques dites régulateurs. Il prend son nom de la forme des leviers sur lesquels agit le dernier mobile.

Cette pièce ABC (fig. 10) a la forme d'une *ancre ;* elle a son centre de mouvement en A, où elle est fixée sur un axe roulant sur deux pivots. Sur ce même axe est montée une fourchette en communication avec le pendule : l'ancre oscille

donc avec celui-ci. Entre les pattes de l'ancre
B, C, se trouve la roue d'échappement D, der-

Fig. 10.

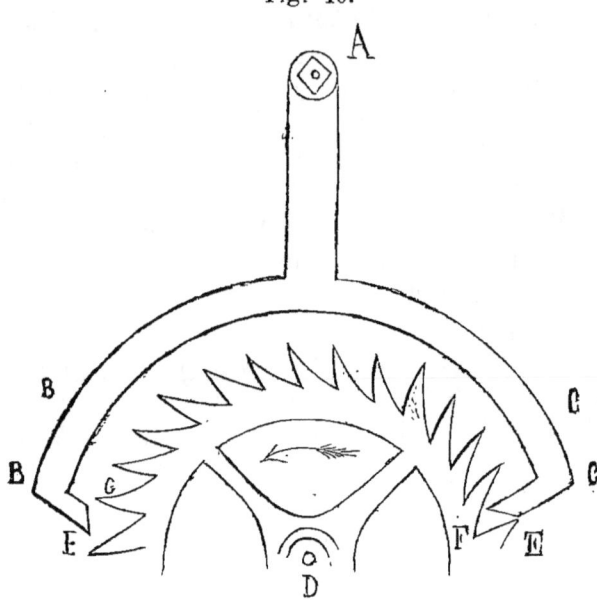

nier mobile du rouage; elle tourne dans le sens
de la flèche. Les pattes de l'ancre sont découpées suivant des arcs de cercle dont le centre est
en A; elles sont terminées par les plans inclinés
E,E'. Dans la figure ci-jointe, la dent F descend
sur le plan incliné E et le repousse dans le sens
de l'oscillation du pendule; lorsqu'elle sera arrivée au bas du plan incliné, elle échappera, et la
dent G, placée à l'autre extrémité de la roue,
tombera sur l'arc de cercle concentrique E'B.
Cette dent G y fera repos jusqu'au moment où le
pendule, exécutant une seconde oscillation, entraînera l'ancre et dégagera cette dent du repos;

elle atteindra alors le plan E′, glissera dessus, en lui communiquant la force dont la roue est animée; après la chute de la dent G, la dent F reviendra au repos à son tour, jusqu'à ce qu'une troisième oscillation la dégage et lui permette de recommencer à agir.

Si les pattes de l'ancre n'étaient pas formées par des arcs de cercle concentriques, l'échappement, au lieu d'être à repos, serait à recul, car la roue ne reste en repos que parce qu'elle appuie sur une courbe dont le centre est le même que celui de l'ancre. Il est évident que, s'il en était autrement, lorsque les pattes viendraient s'engager entre les dents de la roue, elles feraient reculer celles-ci, et ce recul serait d'autant plus grand que l'excentricité des courbes serait plus considérable. On se sert quelquefois du recul pour arriver à accélérer les grandes oscillations du pendule lorsque celui-ci, étant léger ou court, exige une grande amplitude dans les oscillations; mais cet isochronisme factice n'est point admis dans l'horlogerie de précision.

On peut réduire à volonté les levées de l'échappement à repos de Graham en redressant les plans inclinés, de manière à faire décrire de très petites oscillations au pendule. Par ce moyen, on arrive à l'isochronisme; ce but si longtemps cherché et enfin atteint dans les horloges astronomiques.

L'échappement à cylindre, employé dans les montres et dans les pendules de voyage, est également dû à Graham. Il repose sur les mêmes principes que celui à ancre, que nous venons de décrire, avec cette différence, toutefois, que les plans inclinés qui donnent l'impulsion sont portés par la roue d'échappement.

L'axe du balancier est un cylindre ou tube d'acier trempé et poli, entaillé dans une partie de sa longueur, de manière à offrir à l'action des dents de la roue d'échappement les tranches de demi-circonférence (fig. 11). Les bouts du

Fig. 11.

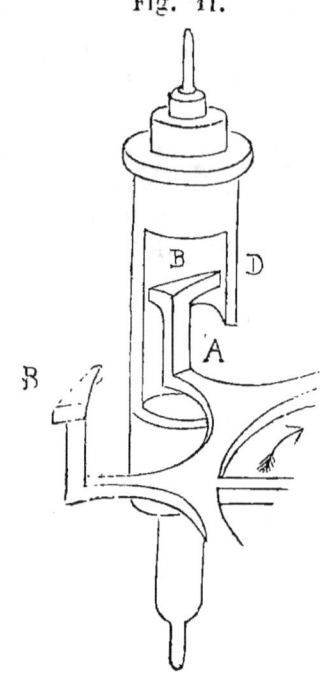

cylindre sont fermés par des *tampons*, sorte de bouchons d'acier ajustés à force, et sur lesquels on tourne les pivots. Le balancier est rivé sur une *assiette* portée par la partie supérieure du cylindre. Au-dessous du balancier se place, à frot-

tement sur le prolongement de l'*assiette*, une virole percée d'un trou dans son épaisseur tengen-
tielle, et ce trou reçoit l'extrémité de la courbe
intérieure du ressort spiral, fixée par une goupille ;
l'autre bout de la lame du spiral tient au support du
balancier, ou *coq*, par un piton. Des deux pivots,
l'un dit supérieur, roule dans le coq ; l'autre, inférieur, roule dans la platine ou dans un *chariot*
sur lequel est monté le coq ; ces deux pièces forment alors une sorte de cage séparée qui permet de régler le degré de pénétration et le jeu
de l'échappement. Pour donner une plus grande
liberté au balancier, des plaques d'acier garnies
de rubis reçoivent les bouts des pivots : de cette
manière, ceux-ci reposent sur leurs extrémités,
au lieu de frotter sur des *portées*, comme les mobiles ordinaires. Cette disposition particulière du
balancier est adoptée dans tous les échappements.

Ainsi monté, si l'on imprime au balancier un
mouvement circulaire, il exécutera un certain
nombre d'oscillations, puisque le ressort spiral
se déforme par le plus léger déplacement du balancier, et qu'il tend aussitôt, en vertu de son
élasticité, à reprendre sa forme ou son équilibre.
Mais au moment où le spiral a repris exactement
sa forme d'équilibre, le balancier est animé d'une
vitesse qui continue à le faire tourner dans le
même sens ; le spiral se déforme donc en sens
contraire et oppose au balancier une résistance
croissante, qui finit bientôt par vaincre son élan.
Alors le spiral, reprenant son action sur le balancier, le ramène de nouveau à sa position primitive ; celui-ci la dépasse, et ainsi de suite. Le

balancier uni au spiral, après avoir été dérangé
de sa position d'équilibre, oscille donc de chaque côté de son point de repos, exactement de la
même manière qu'un pendule oscille de chaque
côté de la verticale. On exprime ce fait par cet
axiome : l'élasticité du spiral est au balancier ce
que la pesanteur est au pendule. On verra à
l'article des chronomètres que cette comparaison
est complétement justifiée par les découvertes de
Pierre Le Roy.

Cependant, de même que les oscillations d'un
pendule s'arrêtent au bout d'un certain temps,
de même celles du balancier se termineraient
bientôt si le ressort moteur n'entretenait son
mouvement. Pour cet effet, la roue d'échappement a des dents découpées en forme de coins,
c'est-à-dire qu'elle porte des plans inclinés taillés
dans sa circonférence, de plus elle est creusée
ainsi que l'indique la figure 11.

Le cylindre entaillé présente aux plans inclinés de la roue la demi-circonférence A (*fig.* 12),

Fig. 12.

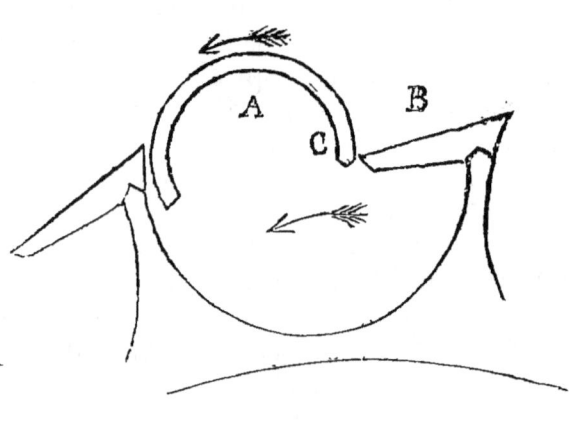

la roue, marchant dans le sens de la flèche, fait
repos par sa dent B sur la circonférence extérieure du cylindre : mais en cet état le spiral est
déjà armé et tend à faire tourner le cylindre
dans le sens de la flèche. Dès que cet effet se
produit, la dent B, dégagée du repos, agit sur la
tranche du cylindre C, la repousse par son plan
incliné, et vient tomber au repos dans l'intérieur
du cylindre, comme on le voit figure 13. Pen-

Fig. 13.

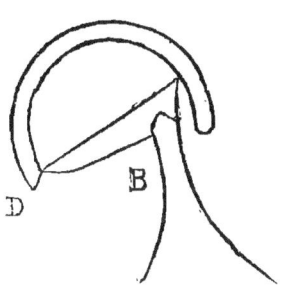

dant ce temps, le balancier continue son mouvement jusqu'à ce que, comme nous l'avons dit
plus haut, la résistance croissante du spiral, de
plus en plus écarté de sa forme d'équilibre, ou,
pour nous servir du mot technique, de plus en
plus *armé*, cette résistance, enfin, ramène dans
l'autre sens le balancier, et, par conséquent, le
cylindre. Alors la dent B, qui était passée dans
le cylindre (*fig.* 11 et 13), est une seconde fois
dégagée du repos et agit sur la tranche D de la
même manière que sur la tranche C ; elle imprime donc au cylindre et au balancier qu'il

porte un mouvement en sens contraire et égal au premier.

En décomposant les différents modes d'action de cet échappement, on retrouve tous les effets de l'échappement à ancre de Graham, employé dans les horloges à pendule. L'ancre de Graham pourrait être figurée par un cylindre, et la puissance de la roue d'échappement serait aussi bien transmise par des plans inclinés portés par cette roue, que par l'ancre. Pour se rendre compte des principes de l'échappement à cylindre, on peut .donc l'étudier sous les deux formes.

La roue de cylindre, avons-nous dit, est creusée de telle façon que ses plans inclinés B, B', — appelés improprement *marteaux* dans la pratique, — sont dégagés et portés par de petites colonnes (*fig.* 11). Cette disposition est nécessaire pour permettre au cylindre de décrire des arcs d'oscillation de 240 degrés environ. Si la roue était plate, l'une des tranches du cylindre viendrait buter contre le demi-cercle que figurent les côtés de chaque dent. Pour permettre même une plus grande étendue aux arcs, on pratique dans l'une des tranches du cylindre un passage qui prend spécialement le nom d'*encoche* (indiquée en A, *fig.* 11). Cette encoche laisse passer le fond de la roue et évite un recul qui ne pourrait manquer de se produire si la tranche du cylindre venait contrebattre.

L'échappement à cylindre a plus d'un siècle d'existence, et cependant on le considérait encore, il y a quelques années, comme une invention récente. Cet exemple est une nouvelle preuve à l'appui de ce que nous avons dit au sujet d'un grand nombre de découvertes. Combiné par Graham vers 1720, l'échappement à cylindre, qui est aujourd'hui reconnu le meilleur pour les montres civiles, n'est arrivé à sa perfection que par la substitution d'une roue en acier trempé à la roue de laiton employée par son auteur ; mais cette substitution n'a été possible qu'à la suite d'un outillage plus parfait. Ainsi, la théorie améliore les procédés industriels, puis, par une réaction naturelle, l'habileté des ouvriers permet d'arriver à des résultats à peine entrevus par l'inventeur lui-même, et chaque invention, poussée au delà des conséquences prévues, n'est plus qu'une étape du progrès.

VII

MONTRES A CYLINDRE MODERNES.

Avantages de l'échappement à repos. — Suppression de la fusée et de la chaîne. — Réduction du volume des montres. — Calibre Lépine. — Voltaire fabricant d'horlogerie. — Perfectionnements de la main d'œuvre. — Réglage.

La montre à cylindre, telle qu'elle existe aujourd'hui, est complétement différente de ce qu'elle était au dix-huitième siècle. A cette époque, le rouage roulait entre deux platines assemblées par des piliers, ainsi qu'on le voit encore dans les montres à roues de rencontre. On faisait aussi usage de la *fusée*, car on ne croyait pas à la correction des écarts de la force motrice par l'échappement à repos. L'expérience, d'accord avec la théorie, a démontré depuis qu'un échappement à cylindre construit selon les principes, c'est-à-dire dont le balancier et le spiral sont doués d'une certaine puissance en rapport avec le diamètre du cylindre et la force motrice, cet échappement, disons-nous, ne subira les influences diverses du moteur que dans une mesure très compatible avec la régularité nécessaire aux besoins civils. Dans ce cas, la fusée peut être supprimée, puisqu'elle n'a d'autre but que d'égaliser la force variable du ressort.

Voici comment une sorte d'équilibre naturel s'établit dans l'échappement à cylindre : lorsque la force transmise à la roue d'échappement est plus grande, ou, ce qui revient au même, lorsque la montre vient d'être remontée, cet accroissement de force se traduit sur le balancier en oscillations plus grandes, puisqu'il est chassé avec plus de vigueur; mais si l'*arc de levée* est plus rapidement décrit, l'effet ne se continue pas également dans les *arcs supplémentaires*; dès que la dent est tombée sur le *repos*, elle appuie avec plus d'énergie sur le cylindre et compense cette accélération de vitesse. Ce résultat du frottement de la dent sur les parois du cylindre est incontestable, car lorsqu'on augmente la force outre mesure, en poussant le rouage avec le doigt, les oscillations du balancier diminuent d'étendue et cesseraient tout à fait sous une pression considérable. Il est donc facile de déterminer, par l'expérience, le poids du balancier, la force du spiral et le diamètre du cylindre, de telle sorte que les variations de la force motrice n'aient qu'une in-

·fluence très secondaire sur la marche uniforme
de l'ensemble de la machine.

La suppression de la *fusée* débarrassa tout d'un
coup le rouage d'un lourd mobile et du frottement de deux gros pivots ; elle réduisit les
chances d'accidents, si nombreux par la rupture
des maillons qui composent la chaîne, devenue
inutile. Au point de vue mécanique, c'étaient là
déjà de notables avantages, mais la suppression
de la fusée permit, en outre, de réaliser une
amélioration importante dans les montres : celle
de la réduction de leur volume.

La roue de cylindre, au lieu d'être placée,
comme la roue de rencontre, à angle droit avec
le reste du rouage, a son axe parallèle à celui
des autres mobiles, et l'échappement n'occupe
·guère plus de place qu'un simple engrenage ; le
développement que l'on était obligé de conserver
à la courbe conique de la fusée restait donc le
seul obstacle qui s'opposait à la diminution de la
hauteur du mouvement. Dès que la fusée ne fut
plus tenue pour indispensable, on modifia considérablement le plan primitif, et le volume des
montres put être réduit sans inconvénient.

Il est bien entendu que nous ne faisons pas
l'apologie des exagérations dans lesquelles on
est tombé à ce sujet. L'épaisseur d'une montre,
en admettant même sa parfaite exécution, est
toujours limitée, d'une part, à la hauteur que
doit avoir le ressort moteur, hauteur que l'on ne
peut remplacer par l'épaisseur de la lame sans
·altérer ses propriétés élastiques ; d'autre part, à
la place nécessaire au jeu libre, régulier et con-

tinu des mobiles superposés les uns aux autres. L'usage a fait, d'ailleurs, justice de ces *platitudes*, naguère à la mode.

Les avantages que nous venons de signaler s'obtiennent aussi avec l'échappement libre à ancre, ou l'échappement à double roue dit *Duplex*, ou enfin, avec tout autre échappement libre ou à repos. Les uns et les autres permettent, comme l'échappement à cylindre, de supprimer la fusée et d'arriver avec une moindre épaisseur à une plus grande régularité. Nous n'avons pas à décrire toutes ces combinaisons, auxquelles se rattachent des noms célèbres dans les annales chronométriques. Pour traiter convenablement cette matière, il faudrait analyser les travaux de Graham, de Dutertre, de Thiout, de Mudge, de Robin, de Harrisson, de Sully, de P. Le Roy, de F. Berthoud, d'Arnold, de Lepaute, de Lépine, de Baumarchais, de Gurghensen, de Breguet, de Janvier, etc., etc., et de tant d'autres artistes contemporains.....

Par la suppression de la fusée, le rouage se rapprochait de celui des premières montres des règnes de Charles IX et Henri III, où le barillet denté engrenait directement. Ce retour à des combinaisons moins compliquées n'est pas sans intérêt : il prouve que, dans les machines, *perfection* et *simplicité* sont presque toujours synonymes.

Les premières montres plates qui furent fabriquées sont sorties du village de *Ferney*, situé à une lieue de Genève, sur le territoire français. Voltaire, en y fondant une véritable colonie d'horlogers, en avait fait une petite ville. « J'ai bâti des maisons pour les cultivateurs, écrivait-il, j'ai mis l'abondance où était la misère. Je suis parvenu à faire une assez jolie ville d'un hameau misérable et ignoré, et à établir un commerce (d'horlogerie) qui s'étend en Amérique, en Afrique et en Asie. » On s'occupa d'abord, à Ferney, de ces montres de commerce confondues avec la bijouterie par leurs boîtes ciselées, émaillées et enrichies de pierres précieuses ; puis la famille Lépine se distingua par un changement considérable dans les dispositions des différentes parties de ses montres. Voltaire prenait fort à cœur les progrès de l'industrie qu'il avait créée. « Il est singulier, disait-il, que presque tous les horlogers que j'ai établis à Ferney travaillent pour les horlogers de Paris, qui mettent hardiment leurs noms aux montres qui se font *chez moi*... On fabrique ici des montres beaucoup mieux qu'à Genève, et le sieur Lépine, horloger du roi, l'un des plus habiles de l'Europe, y a son comptoir et ses ouvriers. On y travaille d'un côté pour Paris, et de l'autre pour le Bengale. Les Anglais nous ont préféré aux ouvriers de Londres, parce que nous travaillons à moitié meilleur marché. Les montres à répétition, telles qu'elles sont ici, coûteraient plus de 30 louis à Paris ; vous en aurez à Ferney tant que vous voudrez pour 18... Donnez-moi vos ordres, vous serez servis ; vous aurez de très belles montres et de très mauvais vers quand il vous plaira... »

La fabrique de Ferney était donc dans un état florissant, et Voltaire se trouvait plus heureux que Charles-Quint ne le fut jadis. « Je n'aurais rien à désirer, disait-il à ce sujet, si mes ouvriers calvinistes et catholiques s'accordaient aussi bien que les frêles instruments qu'ils me fabriquent. » Cependant les efforts de Voltaire étaient paralysés en partie par l'impéritie du gouvernement ; et cette colonie industrielle, pour laquelle il « ne demandait d'autres secours *que la liberté d'être utile,* » dépérit rapidement après sa mort, sous l'oppression des entraves fiscales.

Quoi qu'il en soit, le nouveau plan ou calibre qui y avait pris naissance, aussi économique que bien entendu, fut bientôt adopté par les horlogers contemporains, et le nom de *montres Lépine* a longtemps désigné les montres modernes, dont toutes le pièces sont montées sur une seule platine. Ce calibre, modifié par Breguet, est encore en usage dans les montres bien faites, et même dans celles du commerce. Il ne comporte pas de *cage* proprement dite ; les pivots des mobiles roulent d'un côté dans une platine, tandis que de l'autre ils sont reçus par divers *ponts* ou supports, qui remplacent la seconde platine. Cette disposition est meilleure, en ce sens qu'elle laisse mieux inspecter les différentes fonctions du mécanisme, elle permet aussi de démonter séparément chacune des pièces et de les visiter sans déplacer les autres. La fusée n'existant plus, le barillet porte une denture ; il tourne sur un arbre solidement fixé à l'un des ponts ; cet arbre porte le rochet d'encliquetage, et se termine par un carré sur lequel s'ajuste la clef pour remonter le ressort. Le cliquet est également

placé sur le pont, et la *bonde* ou *noix* sur laquelle
doit s'enrouler le ressort est montée à vis sur
l'arbre dans l'intérieur du barillet. Le crochet
dont la noix est munie accroche comme à l'ordinaire l'œil de la lame intérieure du ressort, qui
entraîne toujours le barillet par l'accrochement
de l'œil extérieur à sa virole. De cette manière.
la montre ne cesse pas de marcher pendant le
remontage, ce qui n'a pas lieu sans complication
lorsqu'on fait usage de la fusée. Quant au rouage,
il se compose toujours de quatre roues, dont
l'une, placée au centre de la platine, fait un tour
en une heure. Cette roue, dite du centre, a son
pont particulier solidement maintenu sur la
platine par deux pattes et deux vis ; elle est rivée
sur un pignon d'acier, percé d'outre en outre
pour laisser passer la tige du *carré de mise à
l'heure*, ajustée à frottement doux. Sur cette tige,
à l'extrémité opposée au carré, est l'aiguille des
minutes, et il est aisé de comprendre que l'on
peut faire tourner cette aiguille sans faire tourner la roue du centre, tandis que celle-ci entraîne nécessairement la tige qui passe à frottement à travers son pignon, lorsqu'on n'agit pas
sur le carré de mise à l'heure. Cette tige, par
un pignon chaussé sur elle, sous le cadran, sert
aussi à transmettre l'effet du rouage aux roues
et aux pignons qui font marcher l'aiguille des
heures. L'ensemble de ces deux roues et de ces
deux pignons forme la *minuterie* ; ces engrenages sont disposés de manière à faire tourner con-
centriquement les deux aiguilles qui, bien qu'a-
nimées de vitesses différentes, paraissent mon-

tées sur le même pivot. En réalité, il y a deux pivots; seulement l'un d'eux, celui qui reçoit l'aiguille d'heure, est un canon ou virole et ne fait qu'un tour contre douze tours de la tige du centre.

Dans les anciennes montres, les roues intermédiaires entre la roue du centre et la roue d'échappement s'appellent petite moyenne et roue de champ; cette dernière doit son nom à la nature de sa denture qui se trouve sur le *champ*, la roue étant creuse et fendue parallèlement à son axe. On conserve quelquefois ces dénominations en parlant des montres Lépine, mais il est plus convenable de désigner les roues par leur numéro d'ordre. Ainsi, la roue du centre étant le premier mobile, la petite moyenne est le deuxième, la roue de champ le troisième, etc. C'est sur le pivot prolongé du pignon de ce mobile que se met l'aiguille de secondes dans les montres dites à *petites secondes* ou *trotteuses*.

Voici quels peuvent être alors les nombres du rouage :

	roues.	pignons.
Le barillet.	80 dents.	
1er mobile (du centre)	64	10 ailes.
2e id.	60	8
3e	60	8
4e d'échappement . .	15	6

Comme la roue du centre donne l'impulsion à la *minuterie* et qu'elle porte l'aiguille des minutes, elle ne fait jamais qu'un tour en une heure; le temps que la montre peut marcher sans être remontée dépend donc du nombre de tours que

le ressort fait faire au barillet et du rapport établi entre la quantité de dents de celui-ci et les
ailes du pignon de centre avec lequel il engrène.
On n'emploie généralement que 4 tours du ressort, mais chaque tour du barillet donne huit
heures de marche, ou 8 tours de la roue du
centre, puisqu'il est armé de 80 dents et engrène avec un pignon de 10 ; ces 8 tours, multipliés par les 4 tours que fournit le ressort, forment un total de 32 heures de marche. Maintenant si on multiplie les uns par les autres les
nombres de tours que les autres mobiles sont
obligés de faire pendant que la roue de centre
fait sa révolution, on obtient, en 1 heure, 8 tours
pour le 2ᵉ mobile, 60 pour le 3ᵉ et 600 pour le
4ᵉ ; enfin comme cette quatrième roue est la roue
de cylindre, qu'elle a quinze dents qui agissent
tour à tour sur les deux tranches du cylindre et
impriment chacune 2 oscillations au balancier,
on arrive pour ce dernier au total de 18,000 oscillations par heure.

Pour éviter les fractions dans le calcul des
nombres, on peut, lorsqu'on n'a pas besoin de
connaître les vitesses relatives des roues entre
elles, mais seulement le nombre d'oscillations
par heure, employer la méthode suivante : On
multiplie les uns par les autres les nombres des
dents des roues ainsi que les nombres des ailes
des pignons entre eux, puis on divise l'un par
l'autre les totaux obtenus, que l'on nomme alors
solides ; le quotient sera le nombre de tours de
la roue de cylindre, lequel nombre multiplié par
le nombre double des dents de cette roue, don-

nera le chiffre cherché des oscillations. Ainsi
$64 \times 60 = 3840 \times 60 = 230400$ *solide* des
dents; $8 \times 8 = 64 \times 6 = 384$ *solide* des ailes:
$230400 — 384 = 600$ nombre de tours qui $\times$
$30 = 18,000$, total des oscillations.

Les nombres des dents des mobiles peuvent varier suivant le calibre de la montre, mais ils doivent toujours concourir au même résultat final
et donner un nombre déterminé d'oscillations
pour un tour de la roue du centre ou une heure :
soit 14,400 si l'on veut 4 oscillations par seconde ; soit 18,000 pour 5 ; soit enfin 36,000
pour certains compteurs, qui doivent fractionner
la seconde en dix parties égales.

On s'étonnera peut-être de la vitesse considérable donnée aux derniers mobiles d'aussi fra-
giles machines. Cette vitesse est commandée par
l'expérience ; il est aisé de comprendre d'ailleurs que si le balancier des montres n'était pas
doué d'une quantité de mouvement suffisante,
ses oscillations seraient fréquemment troublées
par les agitations du *porté*. Les pièces d'observation, les chronomètres, font également quatre
et cinq oscillations par seconde, et sont, pour
plus de garantie encore, maintenues dans la position verticale par une suspension particulière.
Dans les montres destinées aux personnes qui
montent souvent à cheval ou se livrent à des
exercices violents, la vitesse du balancier est
poussée jusqu'à 21,000 oscillations par heure.

Une aussi grande quantité de mouvement ne
saurait néanmoins être produite sans devenir une
cause de prompte destruction pour les divers or-

ganes de la machine, si la main-d'œuvre ne s'était améliorée en même temps que les exigences devenaient plus grandes. Pour obvier, autant que possible, à l'usure des pivots et de leurs trous, on imagina de percer des rubis avec de la poudre de diamant et de les *sertir* au lieu et place des trous ordinaires, pratiqués dans le laiton. Les *levées* et les *contre-pivots* se garnissent également en pierres ; par ce moyen, l'huile mise pour adoucir les frottements se conserve mieux que lorsqu'elle est en contact avec le cuivre.

Le dorage à la pile est venu aussi apporter son perfectionnement à l'horlogerie. La dorure au mercure entraînait souvent avec elle un certain *recuit* des roues ; la chaleur employée pour l'évaporation ramollissait les pièces. Aujourd'hui cet inconvénient est évité par le nouveau procédé, et presque tout est doré dans les montres afin d'échapper à l'oxydation.

Nous n'avons pas à revenir sur le jeu particulier de l'échappement, et nous compléterons cet examen de la montre à cylindre moderne par la description de l'appareil à l'aide duquel il est possible, une fois que la force du spiral est appropriée au poids et au diamètre du balancier, de corriger de petits écarts en avance ou en retard. En modifiant dans un sens ou dans l'autre, la longueur du spiral, on change la durée des oscillations ; une lame élastique plus courte oppose plus de résistance en se ployant ou en se déployant ; plus longue, elle se courbe plus facilement, son épaisseur restant la même. Les oscillations sont donc en raison de cette longueur, et le problème à résoudre consiste à permettre au propriétaire de la montre de changer progressivement cette longueur par une opération facile à exécuter.

Fig. **14.**

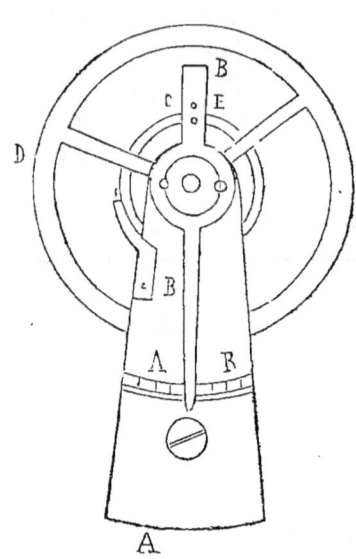

Pour cela, on dispose sur le *coq* A, fig. **14**, ou pont du balancier, une pièce d'acier, B B', appelée *raquette* à cause de sa forme, composée d'un cercle ayant deux bras diamétralement opposés; le plus court porte, en-dessous, deux petites chevilles saillantes et très rapprochées, indiquées en C, entre lesquelles passe libre le dernier tour extérieur du spiral E. L'autre bras forme une longue aiguille, dont la pointe peut s'amener sur les divisions tracées vers la patte du coq; les lettres A et R, indiquant dans quel sens il faut pousser l'index pour obtenir l'avance ou le retard. Le centre de mouvement de la raquette est en coïncidence parfaite avec les pivots du balancier D, et comme en la faisant mouvoir on change la distance qui existe entre le point fixe d'attache du spiral et le point où sa dernière lame vient battre entre les deux chevilles, on modifie presque insensiblement sa longueur efficace et l'on arrive au réglage.

Il ne faut pas s'abuser cependant sur la régularité que l'on doit attendre des meilleures montres. Malgré la perfection de la main-d'œuvre et les progrès que la science a permis de réaliser, on est encore loin de combattre avec un succès complet toutes les causes de variation. Souvent une montre semble avoir une marche très supérieure, bien qu'elle soit plus mal exécutée qu'une autre, et cette apparence de régularité n'est due qu'à une suite de dérangements en sens contraire qui s'équilibrent au bout d'un certain temps. Dans ce cas, c'est l'excès du mal qui produit le bien. En principe, la régularité absolue est impossible. Ainsi, jamais une montre, une horloge à pendule ou un chronomètre ne marquera juste 86,400 secondes en 24 heures. Il y aura toujours un peu d'avance ou de retard; mais si cette avance ou ce retard sont chaque jour de la même quantité, la marche sera réputée parfaite. Cette différence entre l'heure moyenne *absolue* et celle marquée par l'appareil chronométrique se nomme la *marche diurne* et l'on doit en tenir compte lorsqu'on veut apprécier, sérieusement, le degré de précision de l'instrument. On verra, d'ailleurs, dans le chapitre consacré aux montres marines, à quelle perfection il faut atteindre pour justifier l'ambitieuse devise de l'ancienne corporation des horlogers, dont les armoiries, selon d'Hozier, représentaient une pendule à secondes, avec cette légende : *Solis mendaces arguit horas* (Elle convainc d'erreur le soleil lui-même).

VIII

MONTRES MARINES OU A LONGITUDES.

Latitudes et longitudes. — Longitudes converties en temps. — Détermination des longitudes en mer. — Prix proposés. — Premiers essais : Huyghens, Harrison, Pierre Le Roy, F. Berthoud. — Conditions d'admission des chronomètres pour la marine de l'Etat. — Principes posés par P. Le Roy : isochronisme du spiral, échappement libre, balancier compensateur, etc. — Mode d'observation des montres à longitudes.

Bien que la connaissance exacte du temps soit indispensable dans les relations multiples des sociétés civilisées, elle a une plus grande importance encore lorsqu'on la considère dans ses rapports avec les sciences. Dans ce cas, ce ne sont plus les heures et les minutes qu'il est nécessaire de connaître, ce sont les secondes et les portions de seconde qu'il faut avoir le moyen d'apprécier avec exactitude. L'astronomie, la géographie, la physique, la chimie, la médecine doivent à l'art chronométrique la sûreté de leur opérations; mais les services que rend l'horlogerie apparaissent surtout dans le concours qu'elle prête aux navigateurs pour la détermination de leur position en pleine mer.

Personne n'ignore que pour définir la position d'un lieu quelconque sur la surface du globe, on a imaginé un système de lignes idéales qui divisent la terre en un certain nombre de parties. Toutes les cartes portent l'indication de ces lignes, dont les unes, parallèles à l'équateur, marquent la latitude, et les autres, passant par les deux pôles, donnent la longitude. Selon Arago, les dénominations de *longitude* et de *latitude* nous viennent des Romains. Ils ne connaissaient qu'une petite partie des continents, et cette partie était plus étendue dans le sens de l'équateur et des méridiens que dans celui des parallèles ; de là le nom de longitude (*longitudo*, longueur) pour une distance comprise dans le sens de la plus grande dimension du monde connu, et celui de latitude (*latitudo*, largeur) pour une distance prise dans le sens de la plus petite dimension.

Les latitudes s'évaluent en degrés, minutes et secondes, depuis zéro jusqu'à 90 degrés, à partir de l'équateur ; elles sont boréales ou australes, selon que le lieu que l'on cherche à définir se trouve situé sur l'hémisphère boréal ou sur l'hémisphère austral. Lorsqu'un observateur s'avance vers le nord ou vers le sud, il aperçoit un changement dans l'aspect du ciel. Cet effet a pour cause la forme ronde de la terre, qui ne nous permet d'apercevoir que successivement les diverses constellations. En marchant vers le nord, les étoiles qui avoisinent le pôle arctique, ou septentrional, s'élèvent de plus en plus au-dessus de l'horizon et semblent monter dans le ciel. En se dirigeant vers le pôle antarctique, ou méridional, ces mêmes étoiles s'abaissent graduellement et finissent par disparaître, tandis que d'autres révèlent leur présence à nos yeux. Le voyageur a donc ainsi un moyen facile d'apprécier son progrès vers le nord ou vers l'équateur, autrement dit, de connaître la latitude du point où il se trouve, en mesurant la hauteur de certains astres au-dessus de l'horizon. En résumé, la latitude d'un lieu est sa distance de l'équateur, ou la hauteur du pôle vue de ce lieu au-dessus de l'horizon. Les instruments qui servent à mesurer cette hauteur sont des *cercles* ou *quarts de cercle* gradués, parallèlement aux plans desquels se meuvent, autour de leur centre, des lunettes qui permettent de viser un astre et de déterminer l'angle que sa position fait avec l'horizon.

Les cercles qui indiquent la latitude sont tous parallèles entre eux et au plan de l'équateur ; et les marins ont pris l'habitude de désigner, par abréviation, la latitude sous la simple dénomination de *parallèle*.

Les cercles qui passent par les deux pôles, coupent l'équateur et servent à indiquer les degrés de longitude, s'appellent aussi *méridiens*, parce que tous les lieux de la terre situés dans la même longitude ont l'heure de midi au même instant.

La longitude d'un lieu n'est donc autre chose que la différence de l'heure marquée en ce lieu avec celle marquée au même instant sur le mérid:en qui sert d'origine aux longitudes. Or, comme la terre, dans son mouvement de rotation diurne, présente, en 24 heures, tous les points de l'équateur, ou mieux, tous ses méridiens sous le soleil, et que l'on a appliqué la division du cercle en 360° à la division de l'équateur, en 360 méridiens, les degrés de longitude peuvent s'évaluer en heures, minutes et secondes de temps. Puisque 360° équivalent à 24 heures, chaque heure vaudra 15°, chaque minute de temps 15', chaque seconde de temps 15" de degré.

Chaque nation a adopté un méridien différent pour point de départ des longitudes. En France, on compte à partir du méridien de l'Observatoire de Paris; en Angleterre, le premier méridien est tantôt celui de l'Observatoire de Greenwich, tantôt celui de l'église Saint-Paul de Londres. On trouve encore sur les anciennes cartes le méridien de l'île de Fer; mais les astronomes n'ont pu s'entendre pour choisir un point unique, et la longitude donnée est toujours relative au lieu à partir duquel on le compte.

Si le voyageur que nous avons supposé plus haut marchant tantôt vers le nord, tantôt vers le sud, s'avance maintenant, parallèlement à l'équateur, à la rencontre du soleil, c'est-à-dire vers l'est, il aura l'heure de midi avec une avance proportionnelle à l'espace qu'il aura parcouru; le contraire se produira si le voyageur suit la marche apparente du soleil, c'est-à-dire s'il se dirige vers l'ouest. Ainsi, d'après la *connaissance de temps*, quand il est midi à Paris, l'heure se trouve être à

	h.	m.	s. du soir.
Strasbourg. . . .	12	21	40
Rome	12	40	34
Berlin	12	44	14
Stockholm. . . .	1	2	53
Varsovie	1	14	47
Athènes.	1	25	34
Constantinople. . .	1	46	35
Saint-Pétersbourg. .	1	51	52
Sébastopol	2	4	45
Jérusalem. . . .	2	11	25
Babylone	2	47	26
Ispahan.	3	17	37
Pondichéry. . . .	5	9	56
Canton.	7	23	46
Pékin	7	36	34
Nankin.	7	45	48
Sanguir.	8	12	25
Port-Jackson . . .	9	55	52
Nouvelle-Calédonie .	10	48	18
Antipodes. . . .	11	49	18
Boulangha. . . .	11	56	36

Si on considère les lieux situés à l'ouest, on trouve que, quand midi sonne à l'Observatoire de Paris, il est à

	h.	m.	s. du matin.
Madrid.	11	35	51
Brest.	11	32	42
Lisbonne	11	14	5
Ile-de-Fer. . . .	10	38	0
Rio-Janeiro. . . .	8	58	0
Port-Louis. . . .	8	19	2
Bermudes	7	32	8

New-York. . . .	6	54	38
Nouvelle-Orléans. .	5	50	10
Mexico.	5	14	18
San-Francisco. . .	3	40	46
Nouka-Hiva. . . .	2	29	59
Ile Chatam. . . .	0	3	40

Entre la longitude de l'Observatoire de Paris et celle du Panthéon, la différence est de 35″ de degré est, ou 2 secondes de temps. Ainsi, un observateur, monté au dôme du Panthéon, aurait midi 2 secondes avant l'Observatoire.

On voit que, par les différences des temps, on peut apprécier les plus petites distances comme les plus grandes.

En mer, la question des longitudes a un intérêt immense, et, de tous les moyens en usage, les montres marines semblent résoudre le problème de la manière la moins compliquée et la plus directe. Il suffit, en effet, lorsqu'on connaît l'heure qu'il est à bord du navire, et cela est facile en observant la hauteur du soleil ou d'une étoile, d'avoir, par le chronomètre, l'heure qu'il est au même instant au méridien de Paris, ou à tout autre méridien pris pour point de départ ; la différence des temps, convertie en degrés, donne la différence des méridiens, c'est-à-dire la longitude cherchée. On ne peut donc réduire à des termes plus simples une opération aussi délicate ; toute la difficulté se borne à avoir un instrument assez précis pour conserver une marche régulière pendant une traversée qui dure quelquefois plusieurs mois.

Cette extrême facilité, en regard des calculs nombreux que nécessitent les autres méthodes, fixa, dès l'origine, l'attention des savants et des artistes qui se sont occupés de perfectionner les machines destinées à la mesure du temps. Les principales puissances maritimes de l'Europe instituèrent, tour à tour, des prix pour stimuler les inventeurs. Philippe III, qui monta sur le trône d'Espagne en 1598, convaincu de l'importance des longitudes en mer, promit une récompense de cent mille écus à celui qui en ferait la découverte. Les Etats de Hollande proposèrent trente mille florins pour le même objet. Les Anglais imitèrent plus tard cet exemple. Quoi qu'il en soit, les premiers essais sérieux qui aient été tentés pour la solution du problème des longitudes, par le secours de l'horlogerie, sont dus à Huyghens, dont nous avons déjà apprécié les travaux. Ce célèbre géomètre hollandais était, comme on sait, pensionnaire de Louis XIV et membre de l'Académie des sciences de Paris.

En 1664, deux horloges, construites sous la direction de cet homme de génie, furent embarquées sur un vaisseau anglais, et servirent assez bien à indiquer la route. Peu après, des expériences se répétèrent en Hollande et en France. Une de ces expériences fut même couronnée d'un plein succès à bord de la flotte qui, sous le commandement du duc de Beaufort, était envoyée au secours de Candie, assiégée par les Turcs. Toutefois, malgré ces heureux résultats, l'horlogerie nautique était encore trop près de son berceau pour qu'on pût compter d'une manière certaine sur la précision des horloges marines. Les horloges d'Huyghens étaient réglées par un pendule dont les mouvements du navire troublaient les oscillations, bien que toute la machine fût isolée au moyen d'une suspension particulière et maintenue dans la verticale par un poids énorme. Certes on ne peut comparer ces appareils aux chronomètres actuels, mais il n'en faut pas moins reconnaître que ce sont les tentatives d'Huyghens qui ont ouvert la voie aux Harrison, aux Pierre Le Roy, aux Berthoud, à tous ceux, enfin, qui ont amené l'horlogerie marine à l'état de science exacte.

La simplicité de la détermination des longitudes par la différence des méridiens et les travaux d'Huyghens avaient décidé Newton à placer cette méthode à la tête de toutes celles que l'on pouvait proposer aux marins. Ce célèbre astronome présenta un Mémoire dans ce sens au Comité des Longitudes institué à cet effet, le 30 juin 1714, par ordre du parlement d'Angleterre. Ses conclusions furent adoptées; et la douzième année du règne de la reine Anne parut un acte qui assurait une récompense publique à quiconque découvrirait les longitudes en mer. Voici les considérants de cet acte :

« D'autant qu'il est bien connu à tous ceux qui entendent la navigation, que rien n'y manque tant et n'est autant désiré sur mer que la découverte de la longitude, pour la sûreté et l'expédition des voyages, la conservation des vaisseaux et la vie des hommes; et comme, suivant d'habiles mathématiciens et navigateurs, plusieurs

méthodes ont été déjà trouvées vraies dans la
théorie, quoique difficiles dans la pratique, dont
quelques-unes pouvaient être perfectionnées ; et
d'autant qu'une telle découverte serait un avantage particulier au commerce de la Grande-Bretagne et ferait honneur à ce royaume ; mais
qu'outre la grande difficulté de la chose, soit
faute de quelque récompense publique proposée
pour un ouvrage si utile et si avantageux, soit
faute d'argent pour faire les épreuves nécessaires, les inventions jusqu'ici proposées n'ont
pas été assez perfectionnées : pour ces causes,
soit ordonné, par l'autorité de la reine et des
seigneurs spirituels et temporels assemblés en
parlement, que les personnes ci-après nommées
soient constituées commissaires perpétuels pour
examiner, essayer et juger de toute invention
ou proposition qui leur pourra être faite pour la
découverte des longitudes en mer, etc. »

Par les conditions imposées, on demandait
seulement une horloge qui n'exposât pas à avoir
une erreur de plus d'un demi-degré sur la longitude, après une traversée de six semaines, c'est-
à-dire une horloge dont la somme des écarts
n'excédât pas *deux minutes de temps après qua-
rante-deux jours ;* ce qui revient à 2 secondes
6 septièmes par jour. Une erreur d'un demi-degré équivaut à 10 lieues marines sous l'équateur,
à 8 2/3 sur le parallèle de 30 degrés, à 7 sur celui de 45, à 5 lieues sur le parallèle de 60 degrés.
Une somme de 20,000 livres sterling (environ
500,000 francs) était allouée à celui qui ne dé-
passerait pas ces *limites d'erreur ;* une somme de

15,000 livres sterling, à celui qui déterminerait la longitude à 2/3 de degré, ou à 40 milles près ; enfin 10,000 livres seulement, à celui qui n'arriverait qu'à 1 degré, ou à 60 milles géographiques.

Harrison, qui, de charpentier dans un village, devint ensuite très habile mécanicien, après divers essais, présenta, en 1758, au concours cuvert par le parlement, une horloge marine qui fut expérimentée dans la traversée de Portsmouth à la Jamaïque. Les détails de ce voyage sont très intéressants. Le fils de Harrison, qui présidait aux expériences, dut, comme jadis Christophe Colomb, résister aux pilotes du vaisseau, dont l'estime était en désaccord avec la longitude donnée par l'horloge. Le génie du progrès triompha encore une fois de l'ignorance et de la routine, et l'île de Portland, que Harrison affirmait devoir être vue au lever du jour suivant, apparut, en effet, le lendemain à sept heures du matin. Arrivé au terme du voyage, à Port-Royal, on trouva qu'en supposant la longitude de cette ville telle que la donnait l'observation du passage de Mercure, en 1743, de $5^h 7^m 2^s$ de temps, à l'ouest de Greenwich ; et, à l'égard de Portsmouth, de $5^h 2^m 54^s$, la montre avait marqué ce temps à 5 secondes près, car elle marquait à Port-Royal, après $81^j 5^h 2^m 46^s$. Le retour donna des résultats aussi satisfaisants. Cependant les commissaires anglais n'allouèrent que des à-comptes sur la récompense promise ; ils exigèrent de nouvelles épreuves, et un acte du parlement, en 1762, décida que, pour recevoir la totalité du prix, Harrison devait expliquer le mécanisme de sa machine. Enfin, après un second voyage et toutes sortes de tribulations, ce célèbre artiste jouit, à l'âge de soixante-quinze ans, du prix dû à ses travaux.

« En 1800, les artistes Arnold et Earnshaw reçurent chacun 75,000 francs, à titre d'encouragement, pour de nouveaux perfectionnements dans la construction des chronomètres. On cite encore Kendal, Mudge, Emery, parmi les horlogers de la Grande-Bretagne qui ont rendu célèbres les horloges marines anglaises. Nous sommes heureux de dire que la France, grâce aux efforts de Le Roy, de Ferdinand et de Louis Berthoud, de MM. Breguet père et fils, de M. Winnerl, s'est placée au premier rang pour l'horlogerie de précision. Le Roy remporta le prix de l'Académie des sciences, en 1769. Par le bill relatif à la détermination des longitudes en mer, le parlement d'Angleterre promettait une récompense de 250,000 francs à l'artiste qui exécuterait des chronomètres assez parfaits pour donner la longitude au bout de six mois, sans une erreur *de deux minutes de temps.* J'ai eu l'occasion de prouver que les chronomètres de M. Breguet ne donnent pas, au bout de six mois, une erreur *d'une seule minute.* En employant à la fois plusieurs excellents chronomètres, on peut d'ailleurs obtenir une longitude moyenne extrêmement rapprochée de la véritable longitude. En 1826, une opération de ce genre fut faite par ordre de l'amirauté anglaise : 35 chronomètres traversèrent six fois la mer du Nord pour déterminer les longitudes d'Altona, de Brémen et de l'île d'Helgoland, par rapport au méridien de l'Observatoire de Greenwich. En 1843, la différence des longitudes de l'Observatoire russe de Pulkova, près de Saint-Pétersbourg, et de l'Observatoire de Greenwich, fut obtenue à l'aide du transport de soixante-huit chronomètres qui marchèrent avec un accord remarquable. » (Arago. *Astronomie populaire*.)

On a lu plus haut les conditions du concours ouvert en Angleterre aux premières horloges marines. Voici, comme terme de comparaison, le programme des conditions d'admission, d'achat et de réparations des chronomètres à suspension destinés au service de la marine impériale.

A compter du 1er janvier 1858 :

Art. 1er. Les chronomètres de fabrication française seront achetés au concours après une épreuve de *trois mois* au dépôt des cartes et plans de la marine, pendant laquelle ils seront soumis à la température et à des températures voisines de 5° et de 30°.

Art. 2. Le plus grand écart des marches à la température ambiante, ajouté au plus grand écart des marches aux températures artificielles indiquées ci-dessus, donnera pour chaque chronomètre un nombre (N) qui servira à le classer.

Art. 3. Les chronomètres pour lesquels ce nombre (N) ne dépassera pas *trois secondes* seront déclarées admissibles.

Art. 4. Les chronomètres seront achetés au prix uniforme de deux mille francs l'un.

Art. 5. Parmi les chronomètres reçus dans le

cours d'une même année, celui qui aura obtenu le premier rang recevra une prime de douze cents francs, pourvu, toutefois, que le nombre (N) qui aura servi à le classer ne dépasse pas *deux secondes cinq dixièmes.*

Art. 6. La réparation des chronomètres, y compris le renouvellement des huiles, quelles que soient son importance et sa nature, sera faite au prix normal de quatre-vingts francs. Cette réparation est réservée de droit aux artistes qui ont fabriqué l'instrument. Elle ne pourra être confiée à d'autres que sur leur refus.

Tout chronomètre réparé, qui, expérimenté au dépôt des cartes et plans de la marine pendant un mois, suivant le mode indiqué dans l'article 1er, donnera un nombre (N) qui ne dépassera pas deux secondes, recevra une prime de deux cents francs.

On peut juger, par les exigences de ce programme, des progrès accomplis dans l'horlogerie nautique depuis les expériences faites sur les horloges d'Harrison. Avant d'entrer dans le détail de la construction de ces admirables machines, complétons ce qu'il reste à dire sur l'emploi des montres marines par une note empruntée à une récente publication (1). On ne saurait être trop clair en pareille matière.

« C'est surtout pour avoir à chaque instant l'heure de Paris, que les capitaines de navires

(1) *Almanach artistique et historique des horlogers,* publié par Saunier.

emportent avec eux des montres marines d'une grande précision. Avant le départ, ils déterminent, par des observations astronomiques, l'état absolu de la montre, c'est-à-dire son avance ou son retard sur le temps moyen de Paris, ainsi que la quantité dont varient, d'un jour à l'autre, les états absolus successifs, quantité qu'on appelle la marche *diurne* de la montre. Si celle-ci conserve à très peu près la même marche, on peut, à l'aide de ces deux éléments, calculer l'heure de Paris, qui correspond à une heure quelconque lue sur le cadran de la montre.

» Supposons, par exemple, qu'on ait trouvé, le jour du départ, que la montre retardait de 15^m $25^s 5$ sur le midi moyen de Paris, en d'autres termes, qu'elle marquait $11^h 44^m 34^s 5$ à midi moyen à Paris; et que, de plus, on ait calculé qu'elle avançait chaque jour de $4^s 8$; supposons, en outre, que dix jours après le départ, on ait observé en mer, dans l'après-midi, une hauteur du soleil au-dessus de l'horizon, au moment où la montre marquait $5^h 34^m 6^s$, et qu'on veuille obtenir la longitude du navire, on procédera ainsi qu'il suit : on cherchera d'abord le temps moyen de Paris qui correspond à l'heure $5^h 34^m$ 6^s lue au chronomètre; on dira : puisque le jour du départ, la montre marquait $11^h 44^m 34^s 5$ à midi moyen de Paris, et qu'elle avance de $4^s 8$ par jour, au bout de dix jours, elle marquera 48^s de plus. Aussi, dix jours après le départ, la montre marquera $11^h 45^m 22^s 5$ lorsqu'il sera midi moyen à Paris. En retranchant ce nombre de $5^h 34^m 6^s$, heure qui correspond à l'observation de la hauteur du soleil, on obtiendra $5^h 48^m$ $43^s 5$ pour l'intervalle de temps qui s'est écoulé à la montre depuis midi moyen de Paris jusqu'au moment de l'observation; ce serait l'heure moyenne cherchée si la montre avait suivi exactement le temps moyen depuis midi. Mais comme en $5^h 43^s 5$, la montre, à raison de sa marche diurne de $4^s 8$, a dû avancer de $1^s 3$, il faudra en retrancher cette dernière quantité, ce qui donnera $5^h 48^m 42^s 3$ pour l'heure moyenne de Paris, qui correspond à $5^h 34^m 6^s$, heure de la montre au moment de l'observation. Maintenant, avec la hauteur du soleil observée à $5^h 34^m 6^s$, on calculera, suivant les règles, l'heure du temps moyen à bord du navire au moment de cette observation. Supposons, tout calcul fait, qu'on ait trouvé $3^h 42^m 32^s 3$, on aura, de cette manière, deux heures simultanées comptées, la première sous le méridien de Paris, et donnée par le chronomètre; la seconde sous le méridien du navire, et donnée par l'observation du soleil : la différence des deux, ou $2^h 6^m 10^s$, *sera la longitude du navire* par rapport à Paris, et comme l'heure de Paris est la plus forte, on dira que la longitude du navire est ouest. Si l'on désire exprimer cette longitude en degrés, on remarquera que la circonférence entière du globe, ou 360°, équivaut à 24 heures; d'où il suit que $2^h 6^m 10^s$ correspondent à $31^o 32' 30''$. C'est ainsi que se présente le plus souvent le problème de la longitude en mer. »

Cette explication paraîtra peut-être un peu longue aux personnes étrangères aux opérations de précision, mais nous l'avons reproduite en entier pour donner une idée des calculs qui déterminent la position des marins au milieu de l'immensité des mers. Au reste, celui qui, après plusieurs semaines de traversée, s'est trouvé à l'heure dite en vue du port annoncé la veille par le chronomètre, celui-là, disons-nous, a éprouvé une sensation qu'il n'oubliera jamais. C'est avec un étonnement mêlé d'orgueil que l'on considère cette nouvelle preuve de la puissance de l'intelligence humaine.

Rien de plus simple aujourd'hui que la solution de la fameuse question des longitudes, résolue comme elle l'est par les montres marines. Pourtant, il n'y a peut-être pas de découverte qui ait exigé plus de temps et d'efforts. En remontant aux premiers essais, nous allons essayer d'initier aux mystères de la chronométrie nautique, l'un des problèmes les plus délicats et les plus compliqués de la mécanique de précision.

Après les tentatives d'Huyghens, on fut convaincu de l'impossibilité d'obtenir, avec quelque régularité, l'heure à bord par les horloges à pendule. Ce n'est qu'après l'invention du ressort spiral que l'on reprit les expériences avec quelques chances de succès. Huyghens lui-même n'avait jamais fondé grand espoir sur ses horloges marines, car il recommandait d'en embarquer plusieurs, dans le cas où l'une d'elles viendrait à s'arrêter. Aussi le pendule fut-il abandonné par Harrison, qui employa un balancier circulaire oscillant avec un spiral, et mu par un échappement à palettes. Mais, par une combi-

naison particulière appelée *remontoir d'égalité*,
la force du moteur ne servait qu'à remonter, à
de courts intervalles, un petit ressort qui agissait
directement sur la roue d'échappement. On pensait que ce ressort, armé toujours d'une même
quantité, devait donner au balancier du chronomètre des impulsions propres à lui faire décrire
des oscillations égales. Le célèbre Leibnitz a écrit
les lignes suivantes sur ce sujet, et cette idée,
rejetée depuis pour les montres, a eu d'utiles
applications dans les grosses horloges : « J'ai
pensé quelquefois à un moyen d'égalité pour les
horloges, qui n'est pas physique, mais mécanique, et consistant dans une parfaite restitution
de ce qui doit vibrer..... Une montre ou une
horloge, faite de cette manière, pourrait se passer de fusée et irait de même quand on redou-
blerait le poids ou la force du premier moteur ;
elle serait aussi plus propre aux voyages de mer
que l'horloge à pendule. »

A cet élément nouveau de régularité, Harrison avait ajouté un système compensateur destiné à combattre les influences du froid et du
chaud sur la marche de ses machines. Il n'é-
chappera à personne que la longueur du spiral
et le diamètre du balancier étant en rapport,
tout changement dans cette longueur et ce diamètre amènera une perturbation dans l'horloge.
Comme tous les métaux se dilatent à la chaleur
et se contractent au froid, ces effets, peu appré-
ciables dans les montres ordinaires, où se trouvent bien d'autres causes d'irrégularités, finissent cependant par se traduire dans les chrono-

mètres par un retard ou une avance plus ou moins considérable, selon l'élévation ou l'abaissement de la température. N'oublions pas, d'ailleurs, que les montres marines doivent conserver leur exactitude dans les régions glacées des pôles et sous la zone torride. On ne peut négliger la plus minime cause d'irrégularité, car elle est incommensurable la différence d'une seconde répartie sur les *quatre cent trente-deux mille* oscillations que fait en 24 heures le balancier d'un chronomètre battant 18,000 !

Harrison imagina donc une sorte de châssis formé de tringles de laiton et d'acier, assemblées par des chevilles et agissant sur le spiral par un levier qui l'allongeait ou le raccourcissait selon le froid ou le chaud. Toutefois, malgré les résultats obtenus par le célèbre horloger anglais, ses machines étaient loin d'offrir toutes les garanties que l'on doit trouver dans des instruments sur la marche desquels reposent la vie et les intérêts de tant d'êtres humains. Ses moyens étaient un peu empiriques, et, bien qu'il ait fait preuve d'un incontestable mérite dans la combinaison et la construction de ses *garde-temps*, il appartenait à un homme d'un génie plus étendu de poser les véritables principes de la chronométrie nautique : cet homme, c'est Pierre Le Roy.

Son père, Julien Le Roy, était déjà un des horlogers les plus estimés de son temps; mais Pierre Leroy eut cette gloire d'inventer l'échappement libre, le balancier compensateur et les conditions de l'isochronisme du ressort spiral.

Aussi modeste que savant, cet éminent artiste se vit contester toutes ses découvertes par Ferdinand Berthoud, son émule, mais non son égal. Nous n'insisterons pas sur les discussions qui s'élevèrent alors, et peut-être n'en eussions-nous pas parlé si l'opinion publique n'était encore actuellement induite en erreur sur le compte de ces deux célèbres horlogers. Ferdinand Berthoud jouit de tous les honneurs de la renommée ; une rue de Paris porte son nom, qui brille ainsi aux environs du Conservatoire des arts et métiers, à côté de ceux de Vaucanson, de Montgolfier, de Réaumur, de Volta ; il figure parmi les artistes, les savants et les inventeurs célèbres sous l'invocation desquels semble être placé le Palais de l'Industrie ; partout enfin il occupe le premier rang, tandis que Pierre Le Roy, le véritable créateur de la science chronométrique actuelle, est inconnu des contemporains. Espérons qu'il n'en sera pas toujours ainsi ; déjà les auteurs modernes ont protesté contre cette injustice de la postérité : MM. Moinet, Dubois, Saunier et Luchet ont restitué à Pierre Le Roy le mérite de ses admirables conceptions. Ces réserves faites, il ne nous en coûte pas de reconnaître le talent réel de Ferdinand Berthoud ; ses travaux ont beaucoup contribué à vulgariser les connaissances indispensables aux véritables horlogers. Savant praticien et écrivain érudit, Ferdinand Berthoud a publié trois principaux ouvrages : l'*Essai sur l'horlogerie*, l'*Histoire de la mesure du temps*, le *Traité des horloges marines*. Malgré les erreurs que contiennent ces publications, elles sont encore consultées avec fruit (1).

Le caractère propre des inventions de Pierre Le Roy, c'est qu'elles procèdent rigoureusement les unes des autres; elles sont la manifestation d'une même pensée, suivie avec la logique d'un esprit supérieur. Son point de départ est la propriété d'être isochrones qu'il reconnut aux ressorts spiraux dès que leur longueur est dans une certaine proportion avec leur force ou leur épaisseur.

« Il est constant, dit-il, que, dans tout ressort d'une étendue suffisante, il y a une certaine longueur où toutes les vibrations, grandes ou petites, sont isochrones : c'est ce que j'ai éprouvé sur un très grand nombre de ressorts.

» Pour procurer donc aux vibrations du balancier l'isochronisme le plus parfait, j'ajuste les ressorts spiraux au balancier et je fais marcher la montre marine, qui n'a pas de fusée, 12 heures par les plus grands arcs, et 12 heures par les plus petits; c'est-à-dire 12 heures, le ressort moteur étant tout en haut, et 12 heures lorsqu'il est presque débandé. Si, dans ce dernier cas, la marche de la montre est plus accélérée que dans le premier, cela prouve que les ressorts spiraux sont trop longs : je les raccourcis; si elle est plus lente, au contraire, je les allonge, et ainsi jusqu'à ce que j'aie trouvé le point où la montre marche très également dans le haut et dans le bas du ressort : je diminue ensuite ou j'augmente

(1) Ferdinand Berthoud est mort en 1807, membre de l'Institut et chevalier de la Légion d'honneur.

le poids du balancier jusqu'à ce que la montre soit réglée..... J'ajouterai à ce qui précède que je me suis assuré un grand nombre de fois, et qu'il est aisé de vérifier, que les petits arcs de vibration et les plus grands une fois rendus isochrones par cette méthode, tous les arcs intermédiaires le sont aussi avec la plus grande exactitude. »

Continuant l'exposition de ses principes, Pierre Le Roy dit encore : « Ce serait en vain qu'on aurait trouvé dans le ressort spiral un moyen de rendre les vibrations du balancier parfaitement isochrones, si, dans l'application qu'on en ferait à la montre, cet isochronisme était troublé ou altéré soit par quelque influence de la force motrice, du rouage, etc., soit par quelque frottement considérable que le balancier lui-même éprouverait. Il faut donc que, dans une montre marine, le régulateur soit disposé de manière que ses vibrations soient aussi libres et aussi à l'abri des frottements qu'il se peut; il faut, de plus, que la force motrice, dans la restitution de mouvement qu'elle fait à ce régulateur, restitution opérée par la dernière roue au moyen de ce qu'on appelle *l'échappement*, n'altère que le moins possible cette qualité précieuse. Nous devons ici imiter la conduite des médecins les plus expérimentés : quand la nature propice tend vers le but qu'ils se proposent, ils se gardent bien de la troubler dans ses opérations; ils se contentent de l'aider, et, selon l'expression de Boerhaave, de lui donner la main pour la conduire où elle veut aller..... J'ai rempli cet objet au moyen d'un

échappement que je nomme échappement à détente, à ressort, ou à vibrations libres, parce que
la roue, après avoir donné son impulsion au balancier, est arrêtée par un obstacle étranger à ce
régulateur, de manière à ce que ce balancier,
n'ayant plus aucune relation avec le rouage,
continue son oscillation avec une liberté presque
entière. »

L'échappement dont parle Pierre Le Roy fut
imaginé par lui en 1748; la preuve en est consi-
gnée dans les Mémoires de l'Académie des sciences de Paris; perfectionné plus tard par F. Berthoud, Arnold, Earnshaw, il est aujourd'hui le
seul adopté par les constructeurs de chronomètres. Voici en quoi il consiste (*fig.* 15) :

Fig. 15.

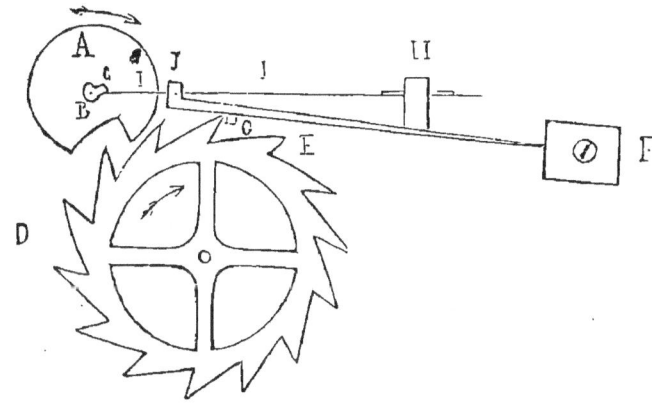

· L'axe du balancier porte un plateau cylindrique A entaillé en B. Cette entaille est garnie
d'une pierre et sert de point de *levée*. Sur l'axe

est fixé également un doigt ou dent que l'on voit
en C,

La roue d'échappement D est plate et à rochet,
et elle agit par l'extrémité de ses dents sur la levée B.

La pièce E est un ressort-détente fixé sur la
platine du chronomètre par une patte F. Ce ressort est aminci, de telle sorte que son point de
flexion est aussi rapproché que possible de sa
patte d'attache. Il porte près de son extrémité
opposée une saillie G, sur laquelle viennent se
reposer alternativement chacune des dents de la
roue d'échappement. Ce ressort-détente porte en
outre un petit talon H, dans lequel est fixé un
petit ressort très flexible I, dirigé vers le centre
du balancier, de manière à être attaqué par la
dent ou doigt C monté sur l'axe de celui-ci. A
l'extrémité du ressort-détente se trouve une goupille ou un talon J, sur lequel s'appuie, d'un
côté, le petit ressort I, tandis que de l'autre côté
il peut fléchir dans toute sa longueur.

Ceci bien compris, examinons les différentes
pièces de l'échappement dans la position où les
représente la figure. On voit que la roue est au
repos sur la détente, et que le petit doigt C est
passé derrière le petit ressort I. Si l'on donne
une impulsion au balancier dans le sens de la flèche, le doigt C pourra faire fléchir le petit ressort I dans la même direction sans déranger la
détente, puisque dans ce sens il n'est pas retenu
par la goupille placée en J. Mais par l'impulsion
donnée on aura bandé le spiral, et lorsque celui-
ci ramènera le balancier, le doigt C rencontrera

l'extrémité du petit ressort I, lequel venant appuyer alors contre la goupille J, ne pourra fléchir seul et entraînera la détente E. Cette détente ainsi levée laissera échapper la dent de la roue qui reposait sur elle, et la roue se précipitant sur l'entaille B pratiquée dans le plateau de l'axe, transmettra au balancier l'impulsion du rouage du chronomètre. Après cette impulsion, elle retombera au repos sur la saillie G de la détente, revenue elle-même à sa position primitive, puisqu'elle fait ressort. Ainsi, dès qu'une dent échappe, une autre dent donne l'impulsion ; de cette manière, le moteur restitue au balancier, par une action presque instantanée, le mouvement qu'il a pu perdre pendant qu'il a effectué deux oscillations. Sauf le moment du dégagement et de la levée, le balancier se meut donc librement et peut décrire des oscillations d'une amplitude considérable.

Tel est le mécanisme de l'échappement libre à détente. On le modifie quelquefois en plaçant la détente sur pivots, avec adjonction d'un ressort ; mais la combinaison est toujours la même, et elle sauvegarde admirablement les propriétés isochrones du spiral réglant. On peut reconnaître alors la vérité de cet axiome : l'élasticité du spiral est au balancier ce que la pesanteur est au pendule. Dans ces conditions, la bonne marche d'un chronomètre ne dépend plus d'une heureuse harmonie des pièces due au hasard, mais elle repose sur des principes fixes, sur des lois physiques, basées sur le calcul et l'observation.

Toutefois, il ne suffisait pas d'avoir établi la

situation du régulateur vis-à-vis du rouage, il fallait encore tenir compte des influences atmosphériques, influences qui devenaient d'autant plus sensibles que l'on donnait une importance plus grande au balancier, et surtout au ressort spiral. Ce point essentiel n'avait point échappé aux Harrison, aux Berthoud, aux Le Roy; aussi avons-nous déjà signalé les appareils imaginés pour les premières montres marines. Mais le rôle nouveau attribué au ressort spiral faisait une obligation d'améliorer les systèmes de compensation jusqu'alors en usage. Dans ce but, et afin de ne point altérer les propriétés qu'il venait de découvrir au spiral, Pierre Le Roy imagina de corriger les variations de la température par le diamètre même du balancier. Voici comment il décrit sa combinaison :

« Le moyen de compensation auquel, j'ose le dire, personne n'avait pensé avant moi, c'est de faire transporter par quelque agent physique une partie de la masse du balancier, proportionnelle au degré de chaleur qu'il éprouve, de sa circonférence vers son centre. Pour cet effet, j'ai adapté au balancier deux petits thermomètres, faits chacun d'un tube de verre recourbé avec une boule remplie d'esprit de vin, au moyen duquel une portion de mercure proportionnelle au degré de chaleur qu'éprouve le régulateur est poussée, comme je viens de le dire, de la circonférence du balancier vers son centre. »

Le Conservatoire des arts et métiers de Paris possède une montre marine de Pierre Le Roy, munie d'un balancier compensé par ce moyen.

Cependant, bien qu'excellent en théorie, ce mode de compensation était gênant dans la pratique, surtout depuis que le volume des chronomètres a été considérablement réduit. On y suppléa bientôt par une sorte de thermomètre métallique, le seul en usage aujourd'hui, *fig.* 16. L'an-

Fig. 16.

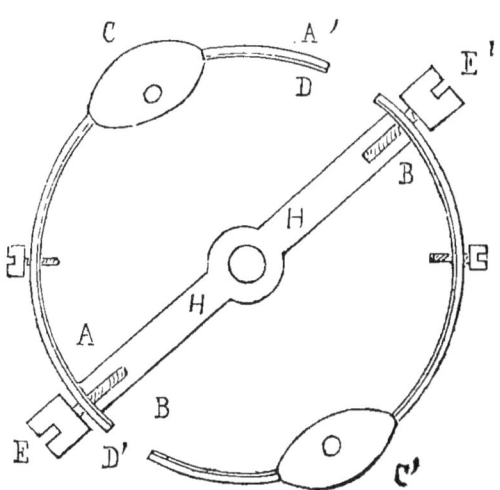

neau A,A', BB', qui forme la circonférence du balancier, est composé maintenant de deux lames d'acier et de cuivre soudées, rivées ou fondues ensemble; cet anneau est coupé en deux points différents D,D', afin de permettre à la lame bi-métallique de se courber dans un sens ou dans l'autre, suivant la température. Cet effet a lieu de la manière la plus naturelle; comme la lame de cuivre est placée extérieurement, et que la dila-tation de ce métal est plus grande que celle de

l'acier, la lame de cuivre, laissée d'ailleurs plus
épaisse, fait nécessairement, lorsqu'elle s'allonge, courber en dedans la lame d'acier sur laquelle elle est rivée ou soudée. Ce mouvement
vers le centre des portions de l'anneau bi-métallique dont se compose le balancier diminue le
cercle primitif de celui-ci, c'est-à-dire compense
par cette diminution de circonférence l'allongement produit par la chaleur sur le ressort spiral.
La dilatation de ce ressort, si elle n'avait pas été
compensée, aurait amené du ralentissement dans
la durée des oscillations et aurait fait retarder le
chronomètre. Pour régler la compensation, on
place sur les portions du cercle bi-métallique
des masses C,C', que l'on éloigne ou que l'on
rapproche du centre mouvement des lames.
Ainsi, si la compensation n'est pas assez forte,
c'est-à-dire si le chronomètre retarde à la chaleur, on fait glisser les masses à l'extrémité de
la courbe bi-métallique, et alors elles rentrent
davantage vers le centre lorsque la température
s'élève. Il est inutile d'ajouter que ces expériences se font dans une étuve disposée pour cet
usage.

Quant au réglage proprement dit du chronomètre, on y procède en modifiant insensiblement le diamètre du balancier, en vissant ou en
dévissant d'une quantité presque inappréciable
des masses à vis E,E', taraudées dans la circonférence aux points où l'anneau est rattaché par
la traverse H, ou barrette fixée sur l'axe. On
conçoit qu'après toutes les précautions prises
pour conserver dans toute son intégrité l'iso-

chronisme du spiral, on ne peut opérer le réglage par l'intermédiaire d'une *raquette*, comme dans les montres ordinaires. D'ailleurs, le ressort réglant des chronomètres n'a pas la forme ordinaire du spiral, bien qu'il en conserve le nom ; il est cylindrique et plié en hélice, et représente ce qu'on appelle communément un ressort-boudin. Cette courbe est plus favorable au libre développement des lames. Au lieu d'être en acier, ce ressort réglant est quelquefois en or, en platine ou même en verre, pour le soustraire à l'oxydation et aux effets magnétiques.

Malgré les qualités de l'échappement libre et celles du spiral isochrone, on continue, par surcroît de précautions, à faire usage de la fusée dans la plupart des montres à longitudes. Mais, comme ces instruments se remontent tous les jours, et que l'emploi de la fusée a pour conséquence l'interruption de l'action du moteur pendant le remontage, et par suite l'arrêt de la machine ou tout au moins un retard, on ajoute un ressort auxiliaire placé dans l'intérieur de la fusée et destiné à faire marcher la pièce pendant ce temps. Lorsqu'au contraire on supprime la fusée, on se sert d'un ressort moteur assez long pour faire exécuter au barillet qui le renferme plus de tours qu'il n'est nécessaire. En n'utilisant que les tours du milieu, on obtient une force motrice sensiblement égale.

Après avoir ainsi multiplié les soins préventifs, on assure encore les montres marines contre les secousses imprimées aux navires par le roulis.

et le tangage, à l'aide de la suspension dite de *Cardan*, du nom de son inventeur. Cette suspension, employée aussi pour la boussole, se compose d'un grand cercle ou anneau métallique pivotant par les deux extrémités opposées de son diamètre; dans l'intérieur de ce cercle pivote également la boîte en cuivre qui renferme le mouvement du chronomètre. Les deux axes de suspension de la montre et du grand cercle sont à angle droit entre eux, et se prêtent aux inclinaisons en tous sens de la caisse ou coffre de bois qui contient à la fois le chronomètre et sa suspension. Le mouvement reste toujours à peu près horizontal, malgré les balancements du navire, car le fond de sa boîte de cuivre est chargé, en outre, d'une masse fixe qui maintient l'équilibre.

Si l'on jette un coup d'œil en arrière, et que l'on considère quel chemin on a dû parcourir pour arriver au point où en est l'art chronométrique, c'est alors que l'on se rend compte du progrès. Le sablier que l'on donne pour attribut au dieu chagrin que la mythologie fait présider aux mouvements des astres, ne devrait-il pas être remplacé par un chronomètre? Autrement le Temps risque fort de n'être pas à l'heure.

On ne sait aujourd'hui ce que l'on doit le plus admirer, ou du génie des inventeurs ou de l'habileté des ouvriers. Dans la construction d'un chronomètre, la combinaison et l'exécution sont solidaires, on ne peut négliger impunément l'une ou l'autre; aussi ces admirables instruments n'ont-ils atteint une grande précision qu'avec la perfection des procédés industriels. Néanmoins, ce que nous avons dit pour les montres ordinaires est encore vrai pour les montres marines; les meilleures sont susceptibles de petits écarts dont la cause reste souvent inconnue. Mais lorsqu'on songe que les balanciers de ces frêles machines font 14,400 ou 18,000 oscillations à l'heure sans se détériorer, qu'elles subissent, sans perturbation sensible, les températures les plus différentes, qu'au milieu des vicissitudes sans nombre d'un long voyage en mer et des tempêtes les plus affreuses, leurs aiguilles accomplissent régulièrement leurs révolutions, on doit reconnaître qu'elles ont bien mérité le nom de *garde-temps.*

Pour clore ce chapitre, il ne nous reste plus qu'à dire par quel moyen on vérifie l'exactitude des chronomètres.

Dans nos principaux ports de mer, l'heure des observatoires de la marine sert à constater la marche des chronomètres embarqués. Il existe à Brest un second observatoire spécialement affecté aux observations des élèves de l'École navale. Près de cet édifice, s'élève un mât qui domine presque tous les points de la rade et à l'extrémité duquel, quelques minutes avant le *midi vrai*, on hisse une boule dont la chute indique à tous les navires en rade l'instant précis du passage du soleil au méridien. Si l'astre lumineux fait défaut, la chute de la boule transmet le *midi moyen* donné par la pendule de l'observatoire. Au signal, les montres sont observées, et les officiers chargés tout spécialement de ce service y trouvent un précieux moyen, avant de gagner le large, de connaître d'une manière définitive la marche de leurs chronomètres.

Les avantages de cette vérification ont fait rechercher les moyens de la généraliser en employant l'explosion d'un canon, déterminée instantanément par l'électricité. La vitesse du son étant reconnue de 333 mètres, par seconde tout élément d'incertitude disparaîtrait. Quant à l'heure même des observatoires, voici comment on la vérifie :

On sait que la terre tourne sur elle-même en 24 heures et qu'elle tourne aussi autour du soleil en une année. De ces deux mouvements, le premier s'appelle mouvement de rotation ; le second, mouvement de translation.

Le soleil ne se présente donc pas chaque jour juste au même instant vis-à-vis du même point de la terre, ou si l'on aime mieux, le midi vrai change chaque jour suivant la position occupée par notre globe. Cette différence entre le temps vrai marqué par le soleil sur les cadrans solaires et le temps moyen indiqué par les horloges prend le nom d'*équation du temps*. Des tables font connaître jour par jour l'avance ou le retard du temps vrai sur le temps moyen, car ces deux temps ne sont d'accord entre eux que quatre jours de l'année, savoir : le 15 avril, le 15 juin, le 1er septembre et le 24 décembre (1).

_____

(1) Avis aux bonnes gens de Paris qui règlent leur montre sur le canon du Palais-Royal...

Avec une table d'équation bien faite, on pourra donc vérifier la marche d'une pièce d'horlogerie, si la difficulté d'apprécier rigoureusement l'ombre projetée par le style d'un cadran solaire n'était un obstacle à la sûreté de l'observation. Mais si l'inégalité du déplacement de la terre par rapport au soleil est appréciable dans le passage de celui-ci au méridien, cette inégalité est sans importance par rapport aux étoiles, en raison de leur prodigieux éloignement. La rotation de la terre sur son axe étant uniforme, on s'en sert pour mesurer le temps. On appelle *jour sidéral* la durée constante de cette rotation; c'est l'intervalle de temps compris entre deux passages consécutifs d'une même étoile au méridien. Si l'on suppose qu'un jour donné le soleil ait passé au méridien avec une étoile, le lendemain, au moment du retour de l'étoile, le soleil sera à l'est du méridien, par suite de son mouvement propre d'occident en orient ; il arrive donc après l'étoile, et le retard est d'environ 4 minutes (3^m 55^s 9), il en résulte que, dans le cours d'une année, l'étoile passe au méridien une fois de plus que le soleil. Or, la durée de la révolution des étoiles étant toujours la même, il suffit d'observer avec une lunette murale le passage d'une étoile pour vérifier la marche d'un chronomètre ou d'un régulateur. Si l'instrument est bien réglé, comme l'accélération diurne des étoiles est de 3^m 55^s 9, il doit, à l'instant précis du passage de l'étoile observée la veille, être en retard de 3^m 55^s 9. Le *champ* de la lunette est ordinairement divisé par trois fils coupés à angle droit par un quatrième, à l'aide desquels on peut répéter l'observation. Dans les observatoires, une pendule, nommée *pendule sidérale*, est réglée sur la marche des étoiles, c'est-à-dire qu'elle compte 366 jours dans l'année et par conséquent divise le temps en heures, minutes et secondes un peu plus courtes que celles du temps moyen. La régularité de cette horloge peut être ainsi vérifiée chaque jour sans calcul, puisque l'heure qu'elle donne doit toujours correspondre absolument au passage de l'étoile observée. Le plus beau triomphe de l'horlogerie de précision n'est-il pas dans ce fait, qu'elle ne peut être contrôlée que par la révolution de la terre elle-même ? L'harmonie universelle qui préside aux mouvements des corps célestes sert ainsi à .constater la régularité des chronomètres.

IX

HORLOGES ASTRONOMIQUES A PENDULE OU RÉGULATEURS.

Suspension du pendule. — Dilatation des métaux. — Table. — Compensation. — Pendule compensateur à mercure, à canon, à gril, à lames bi-métalliques. — Verges en sapin. — Limites de la précision.

Les régulateurs astronomiques réunissent, comme les montres marines, tout ce que l'art et la science chronométriques comportent de perfectionnements. Le régulateur à pendule atteint même une marche plus constante. Cette précision est due à sa stabilité, à l'uniformité de la puissance motrice, représentée par un poids, et aussi à l'emploi du pendule, qui tient ses propriétés régulatrices bien plus de la nature que de l'art.

L'horloge astronomique est à secondes; l'échappement à repos de Graham, décrit plus haut, y sert ordinairement à entretenir le mouvement du pendule. Cet échappement, d'une simplicité remarquable, a le précieux avantage de conserver presque constante l'amplitude des oscillations, car, lorsque la force diminue, par suite de l'épaississement de l'huile, la pression de roue sur les repos diminue également, et il s'établit une sorte d'équilibre naturel. Nous avons déjà signalé cet effet dans l'échappement à cylindre. Pour mettre de l'harmonie entre la puissance motrice et la puissance propre du pendule, on applique d'ordinaire un poids moteur d'environ 1 kilogramme et demi à l'horloge réglée par un pendule de 5 à 7 kilog. Celui-ci est suspendu à des lames de ressort, qui assurent la complète liberté de ses oscillations; une fourchette montée sur la tige de l'ancre lui transmet l'impulsion du rouage.

La suspension du pendule a été l'objet de longues recherches. D'abord il était porté directement par la tige de l'ancre, mais, son poids ajoutant aux résistances variables des frottements, on adopta une suspension isolée, *dite à couteau*, dans le genre de celle qui sert au fléau des balances. Là encore, la nécessité de l'huile, jointe aux frottements, engendrait des perturbations dans la marche, et ce système fut abandonné pour celui des lames de ressort. Nous ne mentionnerons les suspensions à soie que pour mémoire; elles appartiennent à des instruments qui n'ont aucune prétention à la régularité des pièces astronomiques.

Mais, dans une horloge d'observation, un point d'une importance capitale, c'est de conserver au pendule, malgré l'action de la température, une longueur constante, d'où dépend surtout l'égalité de durée de ses oscillations, et par suite la régularité de la mesure du temps. La dilatation et la contraction des métaux dont se compose la tige d'un pendule a donc de bonne heure attiré l'attention des savants et des horlogers. L'effet produit par la chaleur sur la tige d'acier d'un pendule ordinaire à secondes peut arriver à donner, en 24 heures, plus de 20 secondes de différence moyenne de l'été à l'hiver.

Voici, selon la table dressée par Lavoisier et Laplace, les dilatations linéaires qu'éprouvent différentes substances, depuis le terme de la congélation de l'eau jusqu'à celui de son ébulition. La longueur de chaque verge étant prise pour l'unité, sa dilatation est exprimée en décimales et en fractions vulgaires.

Noms des substances.	Dilatations.	
Acier non trempé,	0,0010791	1/927
Argent de coupelle,	0,0019097	1/523
Cuivre,	0,0017173	1/582
Laiton (ou cuivre jaune),	0,0018782	1/533
Etain de Falmouth,	0,0021730	1/462
Fer rond passé à la filière,	0,0012350	1/812

Noms des substances.	Dilatations.	
Or au titre de Paris,	0,0015515	1/645
Platine,	0,0008565	1/1167
Plomb,	0,0028484	1/356
Verre de Saint-Gobain,	0,0008909	1/1122
Mercure (en volume),	0,018018 env.	1/55

En consultant cette table, on voit qu'il existe d'assez notables différences entre la dilatation des diverses substances éprouvées; toutefois, la première tentative faite pour obvier aux irrégularités produites par les variations de la température eut lieu à l'aide de ce qu'on appelle la *contre-verge*. Rendons-nous compte d'abord de l'effet de la dilatation sur le pendule : celui-ci, suspendu à un point fixe, oscille librement en raison de la flexibilité de la lame de ressort, qui continue et termine sa tige ; le pendule s'allonge donc par la chaleur de haut en bas, et le retard de l'horloge est en raison de cet allongement. Si on applique le long de la caisse de l'horloge une contre-verge de même longueur et de même métal que la verge du pendule, et que cette contre-verge, solidement arrêtée par sa base, soit recourbée à son extrémité supérieure de manière à servir elle-même de potence pour suspendre le pendule, il est clair que l'allongement de la contre-verge soumise à l'action calorifique, s'effectuant de *bas en haut*, tandis que l'allongement de la verge du pendule a lieu de *haut en bas*, il y aura *compensation*, c'est-à-dire que la longueur réelle du pendule n'aura pas changé. Tel est, en théorie, l'effet de la contre-verge ; dans la pratique, le ressort de suspension passe à travers une fente pratiquée dans une potence fixe, et la contre-verge raccourcit ou allonge ce ressort tout en conservant la coïncidence nécessaire entre le centre de mouvement du pendule et celui de la tige d'ancre qui porte la fourchette de transmission.

On remarqua néanmoins que ce mode de compensatiou laisse beaucoup à désirer, le changement de longueur des lames de suspension, et par suite leur plus ou moins d'élasticité était le moindre de leurs défauts. On entreprit alors de corriger directement sur le pendule les inégalités dues à la dilatation et à la condensation, et les différences de dilatations observées dans les métaux devinrent le principe de tout système compensateur.

En 1715, Graham eut l'idée de remplacer la lentille par un vase rempli de mercure, dont la dilatation, beaucoup plus considérable que celle de la tige d'acier du pendule, avait pour conséquence de remonter le centre d'oscillation de la même quantité qu'il descendait par une augmentation quelconque de chaleur. Il suffisait pour cela d'établir entre la hauteur de la colonne de mercure servant de lentille et la longueur du pendule le rapport qui existe entre 55 et 927, chiffres qui expriment la dilatation des deux métaux soumis à un même degré de chaleur.

Graham proposa aussi de former la verge de deux métaux de dilatations inégales, et cette méthode, perfectionnée par Harrisson, dota l'horlogerie de précision du pendule *compensateur à gril*. Cette combinaison s'explique par le chan-

gement de direction de l'allongement des tiges
métalliques, effet augmenté encore par la différence des dilatations des tiges d'acier et de laiton
dont se compose le châssis ou gril compensateur. Le système d'Harrisson comporte neuf tringles, quatre d'acier, quatre de laiton, plus la
verge d'acier du pendule. Pour faire comprendre
cette combinaison, difficile à saisir lorsqu'on n'a
pas la pièce sous les yeux, supposons qu'au lieu
d'un châssis, la verge du pendule soit un tube
d'acier, une sorte de canon de fusil, fermé par
en bas et contenant un autre tube d'un métal
dont la dilatation serait double de celle du fer,
lequel tube reposerait sur le fond du premier
canon d'enveloppe; imaginons ensuite que la
tige d'acier, à laquelle se fixe la lentille du pendule, passe librement dans l'intérieur du second
tube et est retenue par une petite traverse qui
s'appuie seulement sur le bord supérieur de ce
tube le plus dilatable; accrochons enfin cet appareil aux lames de suspension par deux crochets fixés au premier tube ou canon de fusil, et
voyons comment tout cela fonctionnera lorsque
la température s'élèvera. Il est évident, dans ce
cas, que le tube d'enveloppe et la tige spéciale
du pendule étant suspendus par en haut, leur
allongement fera descendre la lentille; mais,
d'un autre côté, comme le second tube intérieur
repose sur le fond du canon d'enveloppe, qu'il
supporte la tige du pendule et que sa dilatation
est double de celle de cette tige, il arrivera que
cet excès d'allongement servira seulement à
remonter la tige qui porte la lentille, et qu'on

réalité celle-ci sera toujours à la même distance
par rapport au point de suspension ; en d'autres
termes, le pendule ne changera pas de longueur.
Cette compensation dite à canon est de l'invention de Rivaz. A la place de tubes ajustés les
uns dans les autres, que l'on se figure maintenant un châssis formé de deux tringles de zinc
et de trois d'acier, et l'on aura une idée du pendule compensateur à cinq branches ; au lieu de
tringles de zinc et d'acier, mettons neuf tringles, quatre de laiton, cinq d'acier, cet appareil
sera le pendule compensateur de Harrison. Il est
facile de concevoir que les tringles assemblées
par des traverses agissent comme les tubes, puisque la coupe longitudinale de ceux-ci donnerait
précisément deux sections équivalentes à deux
tringles. On ne multiplie d'ailleurs les tringles de
zinc ou de laiton que dans la proportion de la
dilatation de ces métaux avec celle de l'acier, qui
sert toujours de tige spéciale au pendule.

Depuis quelques années, il s'est fait une réaction en faveur du premier système de Graham.
Le pendule à mercure semble exempt des défauts
imputables aux autres compensations, ses effets
sont naturels, certains ; il a, de plus, l'avantage
de se rapprocher, par sa longueur et son poids,
des pendules ordinaires, et ne fatigue pas les
ressorts de suspension comme les lourds appareils imaginés depuis. Afin de rendre ce compensateur plus sensible aux petites variations de la
température qui pourraient agir sur la tige du
pendule, on divise maintenant le mercure en deux
ou trois tubes. On règle la compensation même

en donnant aux colonnes compensatrices plus de hauteur qu'il n'est nécessaire, puis, les tubes étant ajustés dans une traverse qui pivote dans une chappe, on incline la traverse de telle sorte que l'allongement des colonnes de mercure ayant lieu en dehors de la verticale, dans une direction oblique, l'effet de cet allongement est proportionnel à l'angle que forment les tubes avec la tige du pendule ; on réduit ainsi à volonté la hauteur effective des colonnes.

On arrive encore à compenser l'allongement de la tige du pendule à l'aide de lames compensatrices semblables à celles employées dans le balancier des chronomètres. Pour cela, on fixe sur la tige, au-dessus de la lentille, une lame bimétallique (acier et cuivre), portant à ses extrémités deux petites masses. Lorsque la chaleur agit sur le pendule, la lame se déforme, et, comme le cuivre, placé en dessous, se dilate plus que l'acier, la courbure qui en résulte représente un arc dont les bouts, en se relevant, remontent les boules qui y sont adaptées. Si celles-ci ont une masse convenable, il s'établit une compensation entre le poids de la lentille qui s'abaisse et le poids des boules qui s'élèvent ; de cette façon, le centre d'oscillation n'est point déplacé. D'ailleurs, les boules de compensation sont taraudées sur les extrémités de la lame bimétallique, et, en les rapprochant du centre ou en les éloignant, on diminue ou on augmente leur action.

Malgré l'exactitude des données scientifiques, et bien qu'on s'y conforme rigoureusement, quand

on a construit un pendule compensateur, on l'é-
prouve en faisant marcher l'horloge dans une
étuve disposée pour les expériences. Cette pré-
caution est indispensable, parce que les métaux
employés peuvent n'être pas parfaitement homo-
gènes, et que la manière dont ils sont travaillés
modifie quelquefois leur dilatation linéaire.

Bien d'autres méthodes de compensation sont
connues ; celles-là sont les principales. En dehors
d'elles existe un moyen beaucoup plus économique de combattre les influences calorifiques :
c'est de substituer à la verge métallique du pendule une simple règle de sapin enduite de vernis.
Avec quelques précautions indiquées par la pratique, on choisit le bois sans avoir à redouter les
torsions produites par l'humidité. Il résulte des
expériences de M. de Prony qu'un pendule à
secondes à verge de sapin enduit ayant été soumis pendant un des mois les plus humides à toute
l'influence hygrométrique de l'atmosphère, n'aurait éprouvé qu'un ralentissement dû à l'augmentation de longueur, correspondant seulement
à 1 seconde en 24 heures. Une horloge réglée
par ce pendule et placée dans un lieu habité, où
l'air serait maintenu dans un état hygrométrique compatible avec la salubrité, devrait donc
mesurer le temps avec précision.

Après les soins que nous venons d'indiquer, et
qui sont multipliés en vue d'assurer une marche
constante aux horloges astronomiques, il est
presque inutile d'ajouter qu'elles ne sont pas à
sonnerie et ne sont surchargées d'aucune complication. Mues par un poids, elles se réduisent

à cinq roues de mouvement, dont la dernière agit sur les leviers de l'ancre d'échappement ; la suspension et la compensation du pendule sont les parties les plus importantes de la machine, et cela se conçoit, puisque toute la régularité de l'horloge est subordonnée à l'immuabilité de la longueur de ce régulateur naturel.

Selon les plus habiles horlogers contemporains, l'erreur de la marche diurne d'une bonne horloge astronomique ne doit pas dépasser 4 à 5 dixièmes de seconde. Cette limite paraît bien large ; mais il n'en est rien, car un régulateur qui avancera aujourd'hui de 25 centièmes de seconde et retardera de 25 centièmes le lendemain, n'aura pas varié pendant les deux jours, cependant l'erreur serait d'une demi-seconde. Ce qui importe, c'est la constance dans la marche. *Quatre à cinq dixièmes de seconde par jour*, lorsque la pièce est réglée au plus près, voilà donc le dernier degré de perfection atteint à notre époque par les horloges à pendule. Comme nous le disions en commençant ce chapitre, ce résultat est supérieur à celui obtenu par les chronomètres dans lesquels l'Observatoire tolère une erreur d'environ 1 seconde 3 dixièmes par jour. Mais si l'on tient compte des difficultés et des conditions diverses, les montres marines sont ce que l'art de précision produit de plus merveilleux et de plus admirable.

X

APPAREILS CHRONOMÉTRIQUES DIVERS. — HORLOGES
ÉLECTRIQUES.

Répétition. — Tableaux horloges. — Modèles du Conservatoire.
— Sphères mouvantes. — L'heure de tous les pays du monde.—
L'heure des chemins de fer. — L'heure des principales villes de
France. — Montres à secondes. — Chronographes. — Horloges
électriques. — Un mot sur la main-d'œuvre.

Jusqu'à présent nous ne nous sommes occupés que de la mesure exacte du temps et de son
emploi dans la vie civile, les sciences et la navigation. On a cependant demandé, dès l'origine,
aux instruments horaires de remplir certaines
fonctions ou de produire certains effets mécaniques qui se rapportent plus ou moins à leur objet principal.

La sonnerie, qui était d'abord l'attribut exclu-
sif des horloges publiques, devint bientôt le
complément indispensable des horloges-pendules de cheminée, et, lorsque les progrès de la
main-d'œuvre le permirent, les montres sonnè-
rent l'heure, les demi-heures et même les quarts.
Plus tard, on eut le désir de connaître l'heure
durant la nuit, et la répétition fut inventée. Cette
addition importante date de 1676. Elle a pour
auteurs les horlogers anglais Barlow, Quarre et
Tompion. Ce mécanisme perfectionné en France
par Julien Le Roy, se compose d'un rouage spécial et d'une *cadrature* dont toutes les pièces, en
acier, fonctionnent sous le cadran et sont indépendantes du mouvement proprement dit. En

principe, la répétition diffère de la sonnerie ordinaire en ce que le ressort qui la met en jeu
se remonte seulement lorsqu'on enfonce le pous-
soir de la montre dans l'intérieur de la boîte.
Les pièces de la cadrature sont alors déplacés et
pendant que le petit rouage les ramène à la position première, il rencontre les leviers des marteaux, les fait frapper sur deux ressorts d'acier
trempé, appelés *ressorts timbres*. Ceux-ci puisent
leur sonorité dans les vibrations produites par le
choc des marteaux ; la répétition sonne ainsi dis-
tinctement autant de coups simples ou doubles
qu'il y a d'heures et de quarts marqués par les
aiguilles. Ce mécanisme est, sans contredit, une
des plus admirables combinaisons de l'horlogerie tant au point de vue de la multiplicité des
pièces que de la sûreté des effets.

On a vu que la sonnerie particulière appelée
réveille-matin était connue des moines au moyen
âge. Depuis, le réveille-matin a continué d'être
«indispensable à MM. les voyageurs, les militaires
et les ecclésiastiques », et il a été appliqué aux
pendules de voyage, aux montres, ou bien encore, formant un instrument spécial, il a trouvé
pour acheteurs tous ceux qui dorment du sommeil des justes. A une certaine époque on construisit également des horloges de cheminée indiquant les phases de la lune, les mouvements des
corps célestes, les années, les mois, les jours,
les quantièmes, etc., d'autres marquaient, avec
deux aiguilles de minutes, le temps vrai et le
temps moyen ; enfin il n'est pas de machine que
l'on ait employée à plus d'usages que les hor-

loges. Transformées en almanachs et chargées
de réveiller le maître, le matin, de lui sonner
l'heure pendant le jour, de la lui répéter pendant la nuit, les malheureuses horloges devaient
encore l'égayer pendant ses repas en faisant
jouer une musique contenue dans leur socle.
Obligées à marcher sans s'arrêter un seul instant, jamais domestique, jamais esclave n'eut
un service plus dur, une condition pire que les
horloges vers la fin du règne de Louis xv et sous
Louis xvi. L'horlogerie attendait aussi son affranchissement ! Beaucoup succombèrent à la peine
et l'on en vint à reconnaître qu'il ne faut pas
exiger trop de choses à la fois, même d'une
pendule. Un almanach de cinq centimes remplace avantageusement les quantièmes perpétuels
les plus coûteux et il n'y a pas de pendule à
équation, si bien faite soit-elle, qui vaille la table insérée dans l'Annuaire du bureau des longitudes. Les Anglais, qui sont gens positifs, paraissent avoir compris cela depuis longtemps, car
on trouve souvent dans la double boîte de leurs
anciennes montres, une table d'équation, sur pa-
pier, collée à l'intérieur du fond. Quant aux
musiques, aux navires balancés sur les flots agi-
tés d'une mer de carton, aux fontaines versant
incessamment le même bout de cristal tordu,
tout cela est du domaine du tableau-horloge où
l'heure ne semble être qu'un objet tout à fait accessoire. Confinées dans un cadran hors de proportions avec le clocher d'une église, que n'a-
vouerait aucun architecte, les aiguilles assistent
de là au tohu-bohu que présentent des ballons

qui s'enlèvent vers un ciel impossible, des locomotives qui glissent sur des rails imaginaires,
des moulins à eau qui tournent à sec ; si l'on y
joint le soleil et la lune paraissant et disparais-
sant tour à tour derrière des nuages, troués par
une espèce de lucarne, on aura un *tableau* digne
des regards des badauds, mais peu fait pour attirer l'attention des gens sérieux. On ne saurait
trop se tenir en garde contre ces niaiseries d'un
autre âge. Au reste, tous ces effets ne semblent
si admirables aux esprits naïfs que parce qu'on
ne les a jamais initiés aux véritables difficultés
mécaniques ; ils ignorent même jusqu'à l'importance des problèmes résolus par la science des
machines.

Tout le monde connaît Vaucanson grâce à son
canard automate et à son joueur de flûte ; s'il
n'eût inventé que son métier à tisser, le public
ignorerait jusqu'au nom de cet habile mécanicien. Nous n'hésitons pas à reconnaître, néanmoins, que sous le rapport de la vulgarisation
des sciences et des arts, appliqués à l'industrie,
on a fait de véritables progrès. Les inventions
et les découvertes ont conquis leur place dans
les journaux quotidiens, où des écrivains com-
pétents s'acquittent avec un zèle digne de louan-
ges, et un incontestable mérite, de la tâche
toujours bien difficile d'instruire en amusant.
D'un autre côté, le Conservatoire des arts et métiers, cette utile fondation de notre première
République, s'enrichit chaque jour. La foule
nombreuse qui se presse dans les salles de ce
musée industriel est une preuve de l'intérêt qui

s'attache à cette exposition permanente. Il faudrait, pour la rendre aussi profitable qu'il est possible, que les inscriptions placées sur les modèles exposés fussent un peu plus explicites, quelques-unes manquent d'ailleurs et sont remplacées par un numéro. Si des notices explicatives indiquaient sommairement l'objet et les fonctions de chaque appareil ou de chaque outil, est-ce que l'enseignement ne serait pas plus complet? Comment espère-t-on inspirer aux ouvriers le désir de s'instruire par la simple exhibition de tant de chefs-d'œuvre dont le but leur échappe? On objectera peut-être que, d'après la nouvelle organisation, chaque industrie trouve réunis les différents produits qui l'intéresse, et que telle machine, tel instrument, énigmatique pour les uns, est facilement saisi dans tous ses détails par les autres; enfin que le catalogue est fait pour donner satisfaction à la curiosité des visiteurs. Nous ne voulons pas généraliser nos critiques, mais, en ce qui concerne l'horlogerie, nous déclarons que, même pour un horloger, une visite à la salle de *Chronométrie* est sans résultat; quant au public, il ne peut rien comprendre à tous ces mécanismes placés sans méthode à côté les uns des autres. Mais le *Livret*, dira-t-on? La réponse serait péremptoire, si le musée n'intéressait que les gens du monde ou un petit nombre d'amateurs. Si, au contraire, le Conservatoire des arts et métiers est un enseignement offert au peuple, on conviendra qu'on serait mal fondé à donner gratis la vue des machines, puis à exiger une rétribution quelconque pour la manière de s'en servir. Nous ajouterons qu'un catalogue, quel qu'il soit, ne remplacera jamais, dans une exposition de ce genre, une courte explication jointe à l'objet même.

Nous avons parlé tout à l'heure d'horloges imitant les mouvements des astres ; parmi celles qui ont été construites, on cite l'horloge d'Oronce Finé. Ce mathématicien l'exécuta en 1553, sous le règne de Henri II, pour le cardinal de Lorraine. Cette pièce, admirée par tous les savants de l'époque, est aujourd'hui à la bibliothèque Sainte-Geneviève. « L'excellence de cette machine, si l'on en croit le manuscrit explicatif, est qu'elle représente fidèlement tous les mouvements que nous remarquons aux étoiles, soit fixes, soit errantes. » Huyghens a laissé parmi ses œuvres posthumes un projet d'horloge astronomique, remarquable par le calcul des rouages. Les nombres employés convenaient exactement aux mouvements moyens des planètes, et Huyghens avait de plus rendu jusqu'aux irrégularités du cours des astres, selon les anomalies reconnues par Képler.

Enfin une des horloges à sphère mouvante qui eut le plus de succès, et que l'on peut voir encore dans les appartements du château de Versailles, est celle de Passemant, exécutée par Dauthiau. La précision des calculs de cette machine est telle que l'Académie des sciences déclare, dans ses mémoires de 1749, qu'on ne peut y trouver, en trois mille ans, un seul degré de différence avec les tables astronomiques. Cette curieuse horloge indique les révolutions des corps célestes, leur lieu dans le zodiaque, leurs stations et rétrogradations apparentes, le lever et le coucher du soleil pour tous les pays du monde; les jours y croissent et décroissent; la terre y a son mouvement de parallélisme, la lune ses différentes phases, les éclipses y sont rigoureusement marquées; de plus, le chiffre de l'année change tous les ans et les changements sont disposés pour dix mille ans. Tous ces effets s'obtiennent, assure-t-on, au moyen de 60 roues et d'autant de pignons. Cette pendule donne encore le temps vrai, le temps moyen, le jour de la semaine et le quantième du mois, soit que celui-ci ait trente ou trente-un, vingt-huit ou vingt-neuf jours lorsque l'année est bissextile.

On voit que les savants mécaniciens de l'époque de Louis XV ne reculaient devant aucune complication ! Nous devons nous féliciter, malgré l'admiration des contemporains, de ce que l'on n'ait pas persisté dans cette voie. Les meilleures horloges d'observation actuelles marquent simplement les heures, les minutes et les secondes; il est vrai qu'elles les marquent bien.....

Si la combinaison des effets et le calcul des rouages sont remarquables dans les horloges que nous venons de citer, on ne peut louer autant la pensée qui a présidé à leur construction. Il est toujours mauvais de surcharger de fonctions diverses une pièce de précision. Il n'est guère resté de cette profusion d'indications que l'habitude de faire marquer, à certaines horloges destinées à des établissements publics, les heures correspondantes des principaux points du globe.

Cette combinaison, qui semble merveilleuse, est
fort simple. Dans le tableau que nous avons donné
plus haut, on a pu voir de quelle quantité, en
avance ou en retard, l'heure de plusieurs villes
de l'ancien et du nouveau monde diffère de celle
du méridien de Paris. Dès que cette différence
est connue, rien n'est plus facile que de faire
marquer l'heure de tous les pays sur autant de
cadrans que l'on voudra. Nous avons décrit le
rouage spécial appelé *minuterie*, et expliqué
comment le mouvement d'une machine horaire
quelconque se transmet aux aiguilles. Cette
transmission peut être multiple au lieu d'être
simple; dans ce cas, une même horloge indiquera l'heure sur deux, trois, ou quatre ou cinq
cadrans, pourvu que sa force motrice soit assez
considérable. Presque toutes les horloges publiques offrent un exemple de ce fait. Ceci admis, on
comprendra sans peine qu'il suffit, une fois pour
toutes, de disposer les aiguilles des cadrans de
Rome, de Pékin ou de San Francisco, en avance
ou en retard, selon que le méridien du lieu,
dont elles doivent donner l'heure correspondante, avance ou retarde sur celui de Paris.
Puisque toutes les aiguilles menées par une même
horloge marchent d'un mouvement uniforme, il
est clair que les aiguilles des cadrans de Rome
ou de Pékin conserveront, minute par minute,
leur différence angulaire primitive. Ainsi, on sait
que lorsqu'il est midi à l'Observatoire de Paris,
il est à Pékin 7^h 36^m 34^s du soir; si l'on place
les aiguilles du cadran de Paris à 12^h, et celles
du cadran de Pékin à 7^h 36^m, comme les ai-

guilles des deux cadrans sont animées de vitesses égales, elles conserveront leur différence et l'on continuera à avoir à chaque instant, tant que marchera l'horloge, l'heure de Pékin correspondant à celle de Paris. En opérant de même pour d'autres villes, on multipliera les indications autant que l'on aura de *minuteries* et de cadrans.

Cette explication peut s'appliquer aussi, d'une manière générale, aux horloges et aux montres qui donnent l'heure de Paris et celle d'une ville où aboutit une grande ligne de chemin de fer. On n'ignore pas que l'heure de Paris est marquée sur tout le parcours par les cadrans des stations, ainsi que dans les gares de départ et d'arrivée. Pour les lignes qui se dirigent dans le sens des méridiens, ou du nord au sud, il n'y a pas de grands inconvénients dans l'emploi de l'heure de Paris ; mais, pour celles qui vont de Paris à l'est, comme le chemin de Strasbourg, ou à l'ouest, comme le chemin de Nantes, la différence des longitudes se traduit en une différence de temps assez considérable. On s'en rendra compte par le tableau suivant :

Heure de quelques villes de France situées à l'est du méridien de Paris.

Arras avance sur l'heure de Paris de 2 minutes.

Aurillac	—	—	0	—
Avignon	—	—	10	—
Besançon	—	—	15	—
Bourges	—	—	0	—
Colmar	—	—	20	—
Dijon	—	—	11	—

Grenoble av. sur l'heure de Paris de 14 minutes.

Lille	—	—	3	—
Lyon	—	—	10	—
Mâcon	—	—	10	—
Marseille	—	—	12	—
Metz	—	—	15	—
Montpellier	—	—	6	—
Moulins	—	—	4	—
Nancy	—	—	15	—
Nevers	—	—	3	—
Nîmes	—	—	8	—
Perpignan	—	—	2	—
Reims	—	—	7	—
St-Etienne	—	—	8	—
Strasbourg	—	—	22	—
Toulon	—	—	14	—
Troyes	—	—	7	—
Valence	—	—	10	—

Heure de quelques villes de France situées à l'ouest du méridien de Paris.

Alby retarde sur l'heure de Paris de 1 minute,

Amiens	—	—	0	—
Angers	—	—	12	—
Bayonne	—	—	15	—
Beauvais	—	—	1	—
Blois	—	—	4	—
Bordeaux	—	—	12	—
Brest	—	—	27	—
Caen	—	—	11	—
Chartres	—	—	3	—
Cherbourg	—	—	16	—
Dieppe	—	—	5	—

Limoges ret. sur l'heure de Paris de 4 minutes.

Le Mans	—	—	9	—
Nantes	—	—	16	—
Orléans	—	—	2	—
Pau	—	—	11	—
Périgneux	—	—	6	—
Poitiers	—	—	8	—
Rennes	—	—	16	—
Rochefort	—	—	13	—
Rouen	—	—	5	—
Toulouse	—	—	4	—
Tours	—	—	7	—
Versailles	—	—	1	—

Il résulte de ce tableau que Strasbourg avance de 22 minutes sur l'heure de Paris, tandis que Brest retarde de 27 minutes sur ce même méridien. Entre ces deux points extrêmes des deux lignes, il y a donc une différence totale de 49 minutes, différence qui met en déroute les notions chronométriques des voyageurs consultant les montres ordinaires. On a donc imaginé, depuis peu, de disposer certaines montres spéciales de telle façon qu'elles marquent l'heure de Paris et celle des principales villes de France. Il serait important que les administrations des chemins de fer adoptassent ce système en ce qui concerne les grandes stations, car les différences qui existent entre les heures de départ, déterminées sur le méridien de Paris, et l'heure réelle du méridien des diverses localités desservies par la voie ferrée, doivent amener bien des méprises préjudiciables aux voyageurs.

Parmi les nombreuses combinaisons auxquelles se prête l'horlogerie, on peut citer encore la montre à secondes indépendantes, ainsi nommée parce que l'aiguille des secondes peut être arrêtée sans interrompre le mouvement de l'heure. Ces montres ont deux moteurs et deux rouages. Celui qui bat les secondes est sans échappement, et son dernier mobile porte un petit bras qui vient s'appuyer sur les ailes du pignon de la roue d'échappement du rouage ordinaire. A mesure qu'une de ses ailes se déplace, par suite de la rotation du mobile, ce petit bras se trouve dégagé, fait un tour, et l'aiguille de secondes un de ses 60 pas, puis le bras retombe sur une autre aile et s'y repose jusqu'au prochain dégagement, réglé de seconde en seconde. Au moyen d'un verrou extérieur, on suspend à volonté le jeu du petit doigt ou bras. Ce mécanisme permettait déjà des observations d'une certaine nature, mais il n'en restait aucune trace, et A. Breguet imagina un instrument plus commode, qui, par la simple pression d'un bouton, donne exactement l'heure du commencement et de la fin d'un phénomène, et par conséquent sa durée. Cet instrument est le *chronographe* ou compteur à pointage. Dans cet appareil, l'aiguille de secondes porte à son extrémité un petit réservoir d'encre ; une seconde aiguille, placée sur la première et tournant avec elle, se termine par une petite pointe recourbée qui traverse l'encrier et marque sans s'arrêter un point noir sur le cadran, quand on pousse le bouton de détente. Deux pressions donnant deux points tracés à une

certaine distance, on peut apprécier la durée
d'un phénomène et la lire écrite sur le cadran
en secondes et fractions de seconde, car le chronographe, au lieu de battre la seconde fixe, la
fractionne en cinquièmes et quelquefois même
en dixièmes. Ces instruments s'emploient surtout avec succès dans les expériences de physique ou pour des observations astronomiques
qui exigent une grande précision.

S'il fallait passer en revue toutes les applications des mécanismes d'horlogerie, plusieurs
volumes ne suffiraient pas. Nous avons voulu
seulement donner dans ce petit livre quelques
idées générales sur les moyens employés pour
mesurer le temps; le surplus appartient aux
traités d'horlogerie. Nous devons cependant
exposer un nouveau système de machines horaires qui, s'il n'a pas jusqu'à présent répondu
aux espérances qu'il avait fait naître, n'en occupe pas moins une place importante dans l'histoire chronométrique. Ce système est celui de
l'électricité appliquée aux horloges.

Le mouvement mécanique se produit, au
moyen de l'électricité, en raison de la propriété
qu'ont les corps, traversés par un courant électrique, d'attirer comme l'aimant naturel, des
barreaux de fer d'un volume proportionné à la
puissance de la pile; lorsque le courant est in-
terrompu, l'attraction cesse et le barreau reprend
sa position primitive, sollicité qu'il est, soit par
son poids, soit par un ressort.

Ce mouvement de va et vient, déterminé à
volonté, devient une *force*, et est facilement

transformé en mouvement circulaire. Dans le *télégraphe électrique*, une roue à rochet porte l'aiguille du *récepteur* (1) et est mue par une *ancre* dont la fourchette est garnie d'une armature de fer doux qui est attirée lorsque le courant passe; quand il cesse, un ressort ramène l'ancre. Il y a donc une étroite parenté entre le mécanisme des télégraphes modernes et le mécanisme des horloges.

Aussi, dès que l'on put, par la simple émission d'un courant voltaïque, faire marcher à distance une aiguille sur le cadran d'un télégraphe, on pensa naturellement à appliquer ce mode de transmission à des aiguilles chargées de donner l'heure sur un cadran éloigné de l'horloge principale. Dans ce cas, le mouvement alternatif du pendule de l'horloge, en interrompant et en rétablissant le courant électrique, remplace l'action de l'homme sur le *manipulateur*, et, à chaque oscillation, les aiguilles avancent d'un pas. Elles obéissent instantanément, car l'électricité de la pile, dans les fils métalliques, parcourt, au dire des physiciens, quarante-trois mille lieues par seconde, vitesse qui rend inappréciable le temps que le courant met à se propager de l'horloge type au cadran. On peut animer de cette manière les aiguilles d'un grand nombre de cadrans. Ce transport instantané, par l'électricité, du temps d'une horloge à un autre cadran, a été réalisé pour la première fois à

(1) Le *récepteur* est, comme son nom l'indique, le cadran qui *reçoit* le signal transmis par le *manipulateur*.

Munich, en 1839, par M. Steinheil, à qui l'on devait déjà la première application en grand du télégraphe électrique.

La pensée de faire participer les horloges aux avantages de la transmission électrique était presque une réparation qu'on leur devait, car, pour combiner le nouveau télégraphe, on leur avait emprunté l'ancre et la roue d'échappement. Mais les propagateurs des électro-aimants ne s'en tinrent pas là ; de l'emprunt forcé ils allèrent à la spoliation, et un beau jour on signifia à l'antique poids et au ressort moteur qu'ils eussent à céder la place à l'électricité. Ce nouvel agent prétendait remplacer du même coup l'élasticité et la pesanteur dans leurs fonctions de puissances motrices ; le rouage lui-même était congédié ; on substituait à tout un vase rempli d'acide dans lequel plongeaient des rondelles métalliques mises par des fils en rapport avec un pendule. M. Bain est l'auteur de cette tentative de révolution dans l'art chronométrique, qui date de 1840 et eut Edimbourg pour théâtre. Hâtons-nous de dire qu'elle ne fut pas couronnée par le succès ; on abandonna bientôt l'action directe et variable de l'électro-aimant sur le pendule. Les horlogers ne gardèrent pas rancune à ceux qui prétendaient les déposséder du droit de mesurer le temps ; ils firent mieux, ils s'emparèrent du nouvel agent et le forcèrent à remonter, nouveau Sysyphe, un poids qui retombe toujours. M. Vérité, habile horloger de Beauvais, est l'inventeur de ce système. Déjà, en 1839 et en 1844, il avait exposé

une petite pendule avec un échappement à force
constante de son invention. A chaque oscillation,
une petite boule suspendue par un fil pesait un
instant sur le bras du pendule et entretenait son
mouvement par une action constante dans sa
chute. Il appliqua naturellement le même procédé à ses horloges électriques. Deux boules
métalliques, en vertu de l'action électro-magné-
tique, s'appuient alternativement sur les bras du
pendule et entretiennent ses oscillations sans
qu'il ait à produire un dégagement ou à vaincre
des résistances variables.

Malgré son apparente simplicité, l'horlogerie
électrique perd chaque jour du terrain, à ce
point que le système le plus rationnel, celui qui
se borne à la transmission de l'heure de l'horloge régulatrice, est aujourd'hui combattue par
quelques-uns de ceux qui s'étaient montrés ses
plus sérieux partisans.

M. Bréguet, dans une note publiée par la
Revue chronométrique, fait ressortir les vices de
cette combinaison, dont la régularité est subordonnée à la sûreté des fonctions de trois éléments, savoir : 1° la pile, source d'électricité ;
2° le conducteur ou fil métallique isolé ; 3° le
régulateur, destiné à envoyer, à des espaces de
temps réguliers, le courant électrique dans le
conducteur et les différents cadrans. L'expérience prouve suffisamment que ces conditions
ne peuvent se maintenir longtemps. Pendant un
mois, six semaines, et même deux mois, tout
marche régulièrement, puis tout à coup sur-
viennent des dérangements dont on trouve tou-

jours facilement la cause ; tantôt la pile n'a pas été entretenue avec assez de soins, tantôt les contacts, qui établissent le courant dans le régulateur, se sont altérés, tantôt encore le conducteur a subi une atteinte quelconque. Ainsi, le mécanisme des horloges peut être irréprochable sans que l'on puisse garantir la parfaite régularité de leur marche.

Dans le but d'éviter les nombreuses causes de perturbation qui se produisent, M. Bréguet a imaginé un système dans lequel l'électricité est toujours employée, mais de manière à éviter les inconvénients inhérents aux procédés connus jusqu'ici. Ce système consiste dans l'emploi d'horloges ordinaires marchant sans le secours de force étrangère ; le rôle de l'électricité est alors borné au réglage périodique de ces horloges. Un mécanisme accessoire disposé à cet effet, et muni d'une force motrice spéciale, est tenu en arrêt par un électro-aimant; lorsque le courant vient animer cet électro-aimant, l'aimantation qui en résulte attire l'armature, le rouage du mécanisme se met en mouvement, et si, à un moment désigné, les aiguilles présentaient une diffé-rence, soit en avance, soit en retard, on les verrait aussitôt se mouvoir et se remettre à l'heure d'elles-mêmes. Cette opération a lieu à midi ou à minuit. Le plus grand avantage de cette combinaison est d'éviter l'arrêt simultané de tous les cadrans, ce qui a lieu dans le système de transmission lorsque, par une cause quelconque, l'électricité n'agit pas.

On conserve ainsi, conclut M. L. Bréguet,

l'avantage que l'on cherche depuis si longtemps, de donner l'heure à distance avec exactitude, en n'ayant aucune chance de dérangement. Dans l'ancien système, on éprouvait des difficultés réelles, puisque, à chaque instant, les horloges pouvaient être dérangées par l'électricité atmosphérique, et que, de plus, on était obligé de réduire la dimension des aiguilles, ce qui n'était pas sans inconvénient pour des cadrans placés aux frontons des édifices.

A ces raisons invoquées en faveur de la simple mise à l'heure électrique, on peut en joindre d'autres tirées des fonctions que l'on est habitué à voir remplies par les horloges publiques. Une horloge qui ne sonne pas n'atteint pas tout à fait son but; or, la sonnerie exige une force motrice considérable et un mécanisme spécial beaucoup plus compliqué que la machine horaire elle-même. Il n'en coûte donc pas plus d'établir un appareil complet au lieu d'avoir, d'une part, un cadran électrique chargé de faire détendre la sonnerie; de l'autre, une sonnerie avec ses détentes, sa batterie de marteaux, etc.

Lorsqu'on n'a en vue que les cadrans disposés sur le parcours d'une voie ferrée, on peut ne pas tenir compte de ces considérations; mais lorsqu'il est question, comme on le proposait naguère, d'un vaste réseau de télégraphie chronométrique reliant tous les cadrans des édifices d'une grande ville, il faut penser à donner satisfaction à tous les besoins, et la sonnerie des horloges publiques répond à un besoin sérieux.

Sans rien préjuger de l'avenir, on doit reconnaître que le rôle de l'électricité en horlogerie est actuellement très limité. Le problème du synchronisme de l'heure est loin d'être résolu. Malgré des espérances prématurées, le moment n'est pas encore venu où, cheminant sous terre, côte à côte avec le gaz et l'eau, l'heure se distribuera à domicile aux abonnés. Les horlogers ont détrôné le soleil en le convainquant d'erreur, mais ils n'ont pas encore dompté l'électricité : l'esclave en révolte brise souvent sa chaîne et ramène la foudre sur les ailes du Temps.....

Que l'on nous pardonne cette image classique et que l'on se figure l'étonnement mêlé d'effroi que manifesterait un paisible bourgeois à la vue des aiguilles de son cadran électrique se livrant à de folles évolutions sous l'influence de l'électricité atmosphérique, ainsi que toutes les lignes télégraphiques en ont donné dernièrement l'exemple, ou bien, chose plus grave encore, servant à amener le tonnerre sur sa cheminée ! Nous n'exagérons pas : « Lorsque l'atmosphère se trouve chargée d'électricité, dit M. Becquerel (*Traité d'électricité et de magnétisme*), elle peut, en agissant par influence sur le fil isolé, se communiquer aux appareils, les faire manœuvrer et empêcher la transmission des dépêches, et même, si elle est en quantité suffisante, fondre les fils des électro-aimants et donner des commotions aux opérateurs ; ces circonstances sont heureusement rares et de courte durée. » Diverses dispositions, entre autres un paratonnerre spécial, peuvent conjurer les accidents ; mais les causes de perturbations n'en existent pas moins, et cela seul s'opposera longtemps encore à la généralisation de la télégraphie chronométrique.

Nous aurions voulu, avant de terminer ce travail, donner quelques détails sur la main-d'œuvre ; mais le plan général de cette étude ne le permet pas. On se fera, néanmoins, une idée de l'habileté manuelle exigée dans la construction des mécanismes d'horlogerie, lorsqu'on songera que toutes les façons que reçoivent les métaux de la part des mécaniciens ordinaires sont également données aux atomes métalliques dont se composent les organes d'une montre. Il faut forger, fondre, limer, tourner, souder, tarauder, tremper, polir, percer, alaiser, etc., les cent et quelques pièces qui forment le mouvement proprement dit.

La valeur primitive de la matière disparaît dans le prix définitif de chaque pièce fabriquée. Ainsi on a calculé qu'un kilogramme d'acier, qui coûte environ quinze francs, transformé en bons ressorts de montre, représentera à peu près huit mille francs ; employé à faire des cylindres, pivotés et en place, il produira au moins quarante mille francs ; enfin, si ce même kilogramme d'acier sert à fabriquer des spiraux ordinaires, appliqués à des mouvements réglés, de quinze francs, prix d'achat, sa valeur pourra s'élever au chiffre de *trois cent cinquante mille francs.*

Le talent d'exécution est porté par certains ouvriers presque au delà des limites du possible. Pour en donner une preuve, il suffit de rappeler la montre faite par Beaumarchais pour la

Pompadour, sur l'ordre de Louis XV. Elle était placée sur une bague, et son mouvement avait neuf millimètres de diamètre. On cite encore, parmi les chefs-d'œuvre lilliputiens, une montre à cylindre, de sept millimètres, sortie naguère des ateliers de MM. Patek et Philippe, de Genève. On a vu aussi des horlogers qui, non contents des difficultés ordinaires, se sont créé de nouveaux obstacles, tel est, par exemple, celui qui exposa, en 1827, une montre de dame, dont toutes les pièces, vis, roues, ponts, balancier, etc., étaient en cristal de roche.

Hâtons-nous de dire que nous n'avons qu'une médiocre admiration pour de pareils tours de force : ils témoignent de l'habileté des ouvriers, mais une semblable dépense de travail ne profite à personne, et l'humble horloge de bois laisse bien loin derrière elle, par sa régularité, tous ces colifichets coûteux et inutiles.

La recherche des choses utiles : tel est le caractère de notre époque. Habituons-nous donc à considérer les pendules et les montres comme des instruments, et non comme des meubles et des bijoux. En nous rendant compte de leurs effets, nous comprendrons mieux les fonctions des grandes machines et le rôle de ces gigantesques appareils mécaniques qui sont les outils de l'humanité et l'un de ses plus puissants moyens d'affranchissement.

TABLE DES MATIÈRES.

VI. Des échappements.

VII. Montres à cylindre modernes.

VIII. Montres marines ou à longitudes.

IX. Horloges astronomiques à pendule ou régulateurs.

X. Appareils chronométriques divers. — Horloges électriques.

FIN.

AVIS DES ÉDITEURS.

Quelques-uns de nos souscripteurs, prenant l'avance, nous ont envoyé le prix des dix volumes dont ils pensent que sera composée la troisième série.

Cette troisième série aura douze volumes (de XXI à XXXII) et non dix, comme ils l'ont supposé. Elle coûtera par conséquent six francs au lieu de cinq francs. Le supplément d'un franc pourra nous être adressé en timbres-poste.

Nous rappelons à nos souscripteurs qu'ils ont encore à recevoir, après ce présent volume, un dernier volume pour compléter la seconde série.

Une circulaire spéciale leur indiquera en même temps les ouvrages dont sera composée la troisième série.

Ont été réimprimés en seconde édition les volumes II, III, IV, V, X, XI, XIII.

Sont épuisés, et vont être également réimprimés, les volumes I, VI, VII, VIII, IX et XII.

Paris, imp. de Dubuisson et Ce, r. Coq-Héron, 5.

www.ingramcontent.com/pod-product-compliance
Lightning Source LLC
Chambersburg PA
CBHW070845030726
47504CB00005B/1220